夢

散文集

余振

目錄

自序……7
夢……13
生……19
老……25
病……32
死……38
祖父……45
父親……51
母親……58

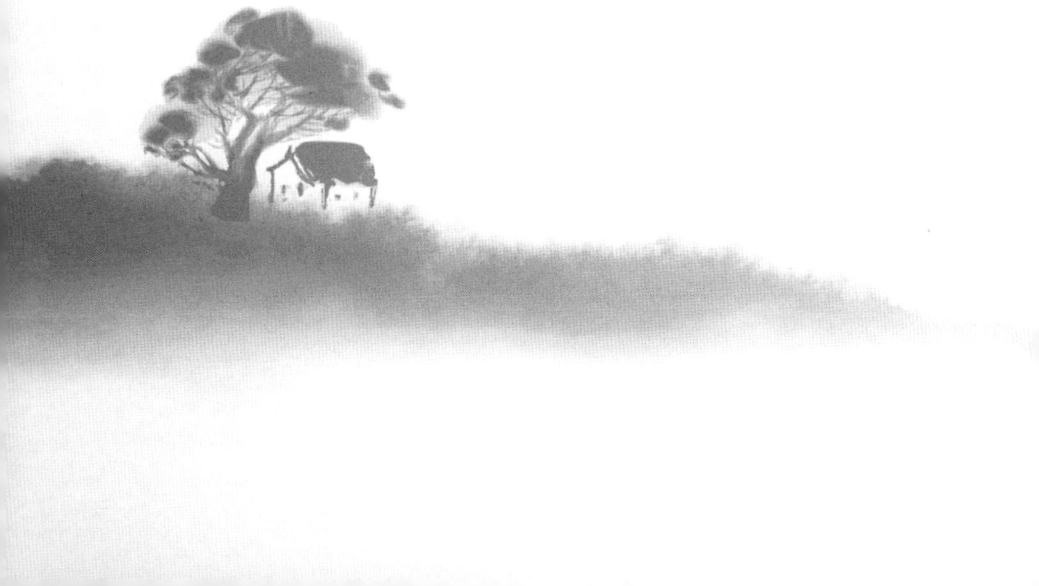

二嫂 ………… 64
雨 ………… 69
碉樓 ………… 74
起名 ………… 80
少年 ………… 91
離婚 ………… 98
妻子 ………… 105
二女兒 ………… 112
孻女 ………… 117
父子 ………… 122
錯過 ………… 127
驚艷 ………… 136
忘年交 ………… 144

病人……151
煮夫……155
水果……160
食……165
食鮮……173
競技……176
賭……182
家暴……189
雪……192
失聯……197
教授……205
學者……212
言責……217

大學生……………………221
藏族學生…………………225
ICU………………………231
中國人的特性……………242
小城澳門…………………248
疫情………………………259
我是誰？（一）…………266
我是誰？（二）…………276
中國夢……………………279
後記………………………284

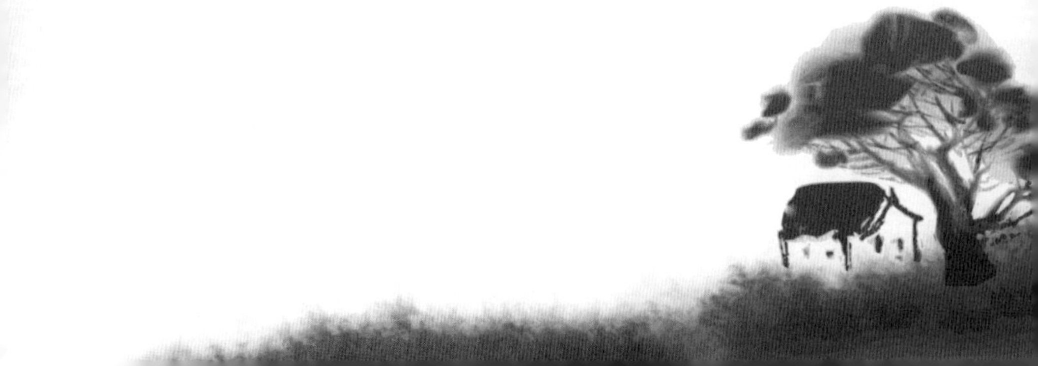

自序

退休有十年了。

自研究院畢業後，我發表的學術論文和專著大多以英文書寫，很少用中文。學術論文，除了同專業的學者外，一般讀者很難提起興趣讀下去，也不容易讀得懂。

去年底，我突發奇想，想寫一些非學術性文章，寫一些個人雜感。但是，我知道，首先必須要過中文這一關，要寫出讓人看得懂的中文。我要惡補中文。

想起二十多年前曾看過阿城的《棋王》，覺得故事精彩緊湊，文字精煉流暢，可讀性高，令人停不下來。我去附近公園圖書館借了《棋王》回家再細讀一次，讀完後，比第一次閱讀更感到震撼，發現中文原來是可以這樣寫的！我讀阿城的作品，覺得他是在「說」故事，不是在「寫」小說。朗誦他的作品，你會聽得津津有味。

當然，不用說，很多著名小說家、散文家都是我的老師，如魯迅、沈從文、張愛玲、莫言、閻連科、余華、賈平凹、王安憶、張秀亞、張大春、余秋雨、余光中、張曉風、董橋……等等，等等。讀前輩老師的作品令我神往、獲益匪淺。

凡事有失必有得。學術論文雖然晦澀難懂，但要求文風嚴謹，必須言出有據，不能順口開河，有三分事實就說三分事實，「知之為知之，不知為不知」，更不能說大話空話謊話廢話。希望讀者朋友在我的文章裡找不到太多的廢話。

最令我感到頭痛的是，本書的人物都是廣東人，用普通話（國語）寫兩個廣東人之間的對話，讀起來挺彆扭、很不真實，而且，無法表達原對話的神髓。如粵語「唔該」，「唔」是「不」的意思，但普通話「不該」和廣東話「唔該」的意思完全不一樣。「唔該」有三個含義：謝謝（唔該曬），請讓一讓（唔該借借），請問（唔該，十月初五街在哪？）我才疏，想不到有哪一句普通話詞彙可以表達「唔該」的神髓。所以，我決定用廣東話寫兩個廣東人之間的對話，如需要，加按語。
我偶爾也會用網絡語言，如，內地網絡以「偉人」稱呼毛澤東，我也隨俗，不含褒貶之義。

全書四十三篇，都是今年內完成的，是我對七十多年人生的點點滴滴和所見所聞的感受，都是直抒胸臆、淺白簡明的文章，希望其中有一兩篇可以拿得出手給人看而不覺得汗顏。

散文家董橋先生說：「人不可矯情，文學不可矯情，不容易，千百年來，讀書人尤其難闖這一關。」

或許，只有夢境無斧鑿痕，只有做夢不矯情，故此為這本小書取名《夢》。

以夢始，以夢終。

二〇二一年十月二十三日凌晨於澳門

夢

夢

我們幾乎天天發（做）夢。（註）從繈褓到殯儀館，不分晝夜，天天發夢。

有時發噩夢，夢見鬼影幢幢，夢見自己被人追殺、走投無路、大聲呼救，驚醒後一身冷汗，猶有餘悸。

有時發美夢甜夢綺夢春夢明星夢升官發財夢橫財夢中國夢強國夢春秋大夢……一覺醒來，仍然癡癡的望著天花板，回味夢中的幻境，意猶未盡，嘴角還殘留著發夢時開心偷著笑流口水的痕跡。

偶然晚上沒有發夢，腦袋就很不服氣，堅持白天要補發，發白日夢，直至被人罵「發夢啦你！」才醒過來。

母親有一次閒話家常，帶著半埋怨的口吻，說我兒時常常晚上夢醒，哭個不停，往往折騰一個多鐘頭，哭累了，再昏昏入睡。我很想知道我兒時發噩夢還是發美夢，問母親，她說不知道。

時光流逝，在我三十一歲慶生那一天，大女兒出世了。因為比預產期早了一個月，囡囡體重不足四磅半。她對奶粉敏感，只能吃母乳，但是又力氣不足，吮不到五分鐘，累了，停下來，歇三分鐘，又再吮三分鐘，又累了，睡著了。吮吸到的大部份是奶水，很少汁，吃不飽，晚上至少醒四、五次，醒來哭個不停，直至吮著她母親的乳頭才停下來。我無法知道囡囡每次醒來是不是夢醒還是餓醒還是尿醒，更無法知道她是發噩夢還是發甜夢。

很快，大女兒開始上學了，二女兒也四歲多了。有一天，大女兒早上上學前，說：「爹哋，我昨晚夢見你給我買了一個芭比娃娃。我起床後，到處找，找不到芭比娃娃，你將芭比娃娃放在哪裡呀？」我愣了一下，二話不說，送女兒返學後，去附近的商場買了一個芭比娃娃。囡囡下午下課回家回到自己的房間，好像發現新大陸一樣，大聲歡呼：「爹哋！我找到你買給我的芭比娃娃了！」

我不知道囡囡是不是真的夢見我給她買芭比娃娃，我沒有問她，我也不想知道。我只知道，每天抱著洋娃娃，替洋娃娃換上新衣裳，是囡囡最大的夢想，我不忍戳破。

我猜測，囡囡自己可能都搞不清到底有沒有發過這個夢。囡囡還小，不一定能夠分別出晚上發夢夢見的東西和白天所思念想得到的東西，不一定能夠分別出在晚上睡著時發的夢和在日間清醒時發的白日夢；很多成年人都分不清夜夢和白日夢，更何況是一個七歲小孩？

上小學可能是人生路途上最開心的一個階段。那些年，正是少年不知愁滋味。我們個子小，對大人只能仰望，所以，對大人的社會充滿好奇充滿幻想。男孩子都不講理的崇拜自己的父親，夢想長大後，好像父親一樣，成為醫生律師會計師教師警察消防員銀行經理……

女孩子呢？她們崇拜她們的父親或母親嗎？我不知道，我也沒興趣知道，因為那時我還小，對女生不感興趣，也沒有那麼八卦。

上初中，在生理上，男女同學都發生了微妙的變化。女同學的「例假」來了，女同學碰面時神神秘秘，壓低聲音，竊竊私語。碰見自己喜歡或暗戀的男生更心如鹿撞，羞澀低頭，臉都紅到耳根了。女同學春心動了，晚上常常夢見日思夜想的夢中情人了。

男同學更個個化身賈寶玉，晚上夢遊太虛幻境，邂逅夢中情人，學會了男女間的那事兒。早上醒來，發覺內褲有點兒黏黏濕濕，心裡有點兒忐忑不安，但又有一種説不出來的喜悦，是的，是一種掩蓋不住的興奮或亢奮，感覺自己真的長大了，懂得男女間那事兒了，夢想成真了。

上高中，同學風華正茂，對異性充滿了好奇、幻想和夢想。每個男同學都有自己心儀的女神，每個女同學都有自己心儀的男神。

香港的中學一般男女分校，也有男女同校。我讀的中學是男校，同學聚集，三句不離「追女仔」，自吹自擂如何如何溝女（泡妞）；更喜歡八卦隔著半條街一間女校的哪個哪個女生最靚哪個哪個女生身材最好哪個哪個女生最清純可愛哪個哪個女生最發姣（風騷）……等等等等。

很快，我們都到了而立之年。有能力有運氣的已經事業有成，結婚生子，揭開人生新的一頁，並繼續追夢之旅。運氣欠佳的，也不氣餒，覺得自己還年輕，都鼓其餘勇，繼續他們尋夢之旅。

很快，人到中年。噩夢美夢甜夢綺夢升官發財夢橫財夢春秋大夢白日夢……五花八門，林林總總，該發的夢都發了，不該發的夢也都發了，還是尋不到自己夢想的人，已經感到氣餒，感到時不我與，開始放棄尋夢之旅了。

星移物換，歲月不饒人，眨眼間，我們已經年過古稀。好命的已經三代同堂，安享晚年，感慨人生不外如是。苦命的，老來無依無靠，被親人遺棄，被世人遺忘，夜深人靜，午夜夢迴，深感人生如夢，往事不堪回首。

我也幾乎晚晚發夢，很多時候半夜夢醒；妻子說，我有時候發開口夢，大聲喊叫。剛醒來時還記得夢境的具體內容，但很快便忘記了。近年發的多是噩夢，很奇怪，內容都是大同小異：夢到一個熟悉或陌生的地方，夢見認識或陌生的人，辦完事（記不起甚麼事了）後，當想回家時，老是找不到路，問當地人，他們指一指前面，但是，我左拐右轉，還是找不到回家的路，而且愈走愈荒涼，渺無人煙；有一次走到一處懸崖，下面是波濤洶湧的大海，退無可退，我驚醒了！每次夢裡進入的都是個解不開、跳不出、回不了頭的困局，難道這是我一生的寫照？我不是佛洛伊德（**Freud**），不懂得解夢。

佛家語：世間萬事萬物都像發夢、幻覺和泡影那樣空虛不實。假作真時真亦假，真真假假，又有誰說得清呢？我女兒有沒有夢見我給她買芭比娃娃呢？我不知道，囡囡自己也可能不知道。我夢裡的「困局」呢？是真是假？我不知道，也無法知道。

二〇二一年二月十二日（大年初一）

註：「做」，如做人做事，是有意識和可控的，而「發」，如「發」夢，是無意識和不可控的，所以，我還是用粵人習慣用的詞彙——發夢，而不用普通話「做夢」。

生

我在農村出生，老家廣東開平赤坎鎮。

我子時生。據父親回憶，那個晚上大雨滂沱，雷電交加，雨不停的下了整夜。

父親說：「你阿媽（鄉下人叫父親阿爹或爹，叫母親阿媽或媽）生你的時候，因為難產，你一出來你媽就昏迷不醒，我還以為她可能過不了當晚。那晚下大雷雨，雨下得很大，好像倒水一樣，鄉下有好幾十年沒有見過這麼大的雨了。你可能被打雷聲驚嚇了，在你阿媽身邊大聲哭喊，不停的大聲喊，足足喊了兩個多鐘頭。你阿媽可能聽見你的喊聲，放心不下，牽掛著你，所以沒有完全失去知覺，到天亮你媽也就醒過來了。不過，之後你阿媽大病一場，身體很虛弱，有半年多都要睡床。」

十一年前，我去加拿大參加二哥二嫂結婚六十週年紀念宴會。二哥五十年代初移民加拿大，五年後入了加籍申請二嫂過去團聚。二哥也對我說了我出生時的故事，同父親所說的版本基本一致。二哥大我十四年，我是他看著長大的。

或許，可能因為我曾經「救」過母親，我過了一個很快樂的童年——我媽從不打我罵我。每次阿爹被我激怒了，拿起雞毛帚（撣）要打我，阿媽就攬著我護著我做我的擋箭牌。有一次，阿爹被我氣得暴跳如雷，順手拿起放在廚房燒飯用的有手腕粗大的柴衝著我劈過來，在電光火石之間，阿媽不知從哪裡衝出來，攔在我的前面，大聲喊叫：「還不快跑！你想被你阿爹打死嗎？」

我記不起有多少次被阿媽從阿爹的柴下「救」過來。阿媽說我小時最不聽教（聽大人教誨），在村裡同齡兒童中，我最頑皮，沒有之一。

我農曆七月二十九日生。出生那天，民間傳說，是地藏王菩薩的誕辰。家鄉有個習俗，每年地藏王誕辰，村民在晚上臨睡前，都在自家房屋的四圍牆腳插滿了燃點著的香。村裡的祠堂、龍母娘娘廟、土地廟和菜地上的茅廁的四圍牆腳都插滿了燃點著的香。村人連水塘邊的那一棵百年大榕樹都不放過，也圍了香。家鄉人叫這個習俗為「圍香」。每年圍香，我都很興奮，搶著幫阿媽和二嫂插香。每年圍香的具體時間由村長決定（實際上是由鎮上一個風水命相師決定）。時辰一到，好像香港每年聖誕節的亮燈儀式，村長站在祠堂大廳，手上拿了一大紮香，用火柴點燃著了，然後莊嚴宣告：「點香！」隨即帶同村裡幾位長輩，把燃點著的香插在祠堂的四圍牆腳。轉瞬間，全村「香光」處處，萬香齊燃。那年代，農村還未通電，入夜，黑壓壓一片，小小的香光在黑夜中特別明亮。

我跑上我家碉樓的天台（樓高三層，是全村最高的建築物），俯視全村，望見滿地繁星點點，又方又圓的排列著。遠近村落的香光，若隱若現。我那時還小，不懂得欣賞眼前如夢如幻的人間仙境，我滿腦子是翌日清晨的拔香行動。

天還未亮我就起床，我的死黨兄弟大牛和阿狗已經在門口等著我。大牛和阿狗比我小三、四個月，平常我們在一起玩，都是我出鬼主意，他們屁顛屁顛的跟在我後面。我們先去拔我家碉樓牆腳的香，再跑去大牛和阿狗的屋子別人家的屋子祠堂龍母廟土地廟茅廁大榕樹拔。

燒完了的香只剩下一枝枝瘦得可憐的細長小腿，鄉下人叫「香腳」或「香雞」或「香雞腳」。那年代，村裡小童穿的都是寬鬆的黑粗布唐衫，有四個口袋，穿的黑粗布褲也鬆鬆垮垮，有兩個褲袋。我們將衫袋褲袋全都塞滿了紅彤彤的香腳，再捲起寬鬆的唐衫做了個兜，將兜也裝滿了，才興高彩烈地跑回我的家裡。回到碉樓，我們急不及待的將衫袋褲袋兜袋裡的香腳全倒在地上。我們趴在地上，開始全神貫注地編織自己的「小紅屋」了。香腳細長容易折斷，所以，編織香腳的難度比堆疊「樂高」（LEGO）高得多。我小心翼翼，將一條一條的香腳編織起來。我先編織小紅屋的牆壁，四邊牆壁都開了個小小的窗口，然後安裝前後門，門前有擋風的圍柵，最後封頂。我花了整整一個小時，弄斷了十幾枝香腳，才終於織好我的小紅屋。我長長的呼了一口氣，望著自己精心製作的小紅屋，有說不出的興奮和滿足感。大牛和阿狗的小紅屋也織好了，我們都認為自己的小紅屋最棒最靚，爭論不休。

前年去上海探親，剛巧碰上我農曆生日，發現在親戚居住的小區裡，有一棵要三個人才能合抱的槐樹被圍了一圈紅彤彤的「香雞腳」。難道有老鄉住在這個小區裡？童年往事一一浮現腦海，我一時怔住，若有所失。

我被成年人告知是在地藏王菩薩誕辰日生，感到很威風，以為自己就是地藏王，可以主宰陰間地府了，所以自小不怕黑，也不怕鬼。鄉下的茅廁都在屋外，晚上摸黑去廁所要帶手電筒，但我很少帶。

長大了，我更不怕黑，晚上去廁所都不開燈。

我在加拿大阿省艾德蒙頓（Edmonton）大學唸大學一年級，大二轉去多倫多大學，因為阿爹阿媽、兩個哥哥和妹妹都定居多倫多市。大一那年，我同一個香港留學生一起租住一間房子的地庫。地庫只有一個小窗，白天還有一絲白光從街外射進來，到晚上，拉上窗簾，地庫漆黑一片，伸手不見五指。

有一個晚上，我半夜上廁所，沒有開燈，廁後洗手找不到毛巾抹手，我的手又濕又凍。我怕吵醒室友，所以輕輕的移動腳步，沒有發出一點兒聲音。我慢慢的移到房門口，摸到把手，擰動它，輕輕的推開門，我冰凍的手突然被一樣溫熱的東西壓住。我如同觸電，連忙縮手，驚得全身汗毛倒豎起來。同時間，地庫響起一陣淒厲顫慄的叫喊聲：「鬼……鬼……鬼……呀！」

一個星期後，室友搬走了，他說他不想再住「鬼屋」了。之後，我晚上上廁所開燈，白天上廁所都開燈。

二月十八日深夜

老

在承平年代，除了兒時夭折英年早逝意外死亡之外，我們都會慢慢老去，直至離開這個世界的一刻。

九十年代中，我剛年過半百，有一次去美國波士頓參加一個國際學術研討會。那時大女兒在波士頓唸大學。有一天傍晚，我們一起吃晚飯，飯後在街頭漫步，女兒輕輕的挽著我的胳膊，我感到很舒服、心裡暖暖的。我望了女兒一眼，說：「我還未老呢，不用扶著我走路吧？」女兒微笑著說：「我喜歡這樣。」

十年前的一次交通意外讓我發覺自己老了。退休後，澳門大學的朋友叫我回澳大教一兩門課，那時候澳大還未搬遷去橫琴。一天早上，我乘坐 22 路巴士去氹仔上課，過橋後，到了氹仔的第二個站下車。只我一個人下車。當我的腳剛伸出車外，還未著地，巴士就開動了，我踏了個空，整個人摔倒在行人道上，巴士沒有停下來，好像甚麼事都沒有發生過一樣。我的眼鏡破碎了，額頭流血，一陣天旋地轉，無法站起身來。幸好，有一個好心的年輕人路過，扶我起身，幫我截了一輛的士，叫司機送我去山頂醫院。我額頭的傷口縫了八針。

我想，如果我年輕三十年，不至於這樣狼狽摔倒在巴士站吧？

經過那一次摔倒在巴士站的教訓之後，我走路都小心翼翼，但歲月不饒人，體能還是慢慢地退化，類似的事情還是阻不了、再發生了。一年前的某個週末，我去附近的餐廳買外賣。等了差不多半個小時，我很心急，終於，服務員將三盒外賣放在膠袋交給我，我拿起膠袋就衝向門口，嘭，一聲悶響，我全身撞向玻璃門，被反彈三米，倒摔在地上，我登時昏死過去，在地上坐了足足三分鐘才醒過來。我感覺腰很痛，我用手托著腰，掙扎著想站起來。美女服務員走過來扶起我，輕輕的挽著我的胳膊，推開玻璃門，扶著我走到我居住的大廈門口。

我說：「妳是澳門人？」

「不，湖南人。」她用普通話說。

「謝謝！」

「不客氣。」

我望著她甜甜的小酒窩，摸一摸自己的腰，感覺好像不怎麼痛了。我望著她的背影，想起了二十多年前大女兒輕輕的挽著我的胳膊街頭漫步的一幕，我又想囡囡了。我怔住了。不知道從甚麼時候開始，我看見街上的美女，就只想起自己的女兒，不再心動了，對異性沒有興趣了。

這時候我才知道，我是真的老了。

上星期去氹仔朋友家，我剛入門口，朋友說：「你駝背駝得很厲害啊！」我有一點兒尷尬。去年體檢，我的高度只有一六五釐米，比年輕時的一六八釐米矮了足足三釐米。我知道，我老了。

近年來，我發覺自己愈來愈喜歡**BB**和小孩子。我癡癡的望著天真無邪活潑可愛的臉龐，看到了兒時的自己，又想起遠在美國的外孫。我知道，我老了。

如何面對衰老，過一個安穩幸福的晚年，關鍵是心態。

退休「老友記」（粵語老人朋友）有兩個選擇。很多人選擇遠離工作，安享晚年。有空就上兒女家，逗樂孫兒外孫兒，享盡天倫之樂。

家境好的，與老伴一起（或與家人一起）乘豪華郵輪周遊列國，逍遙自在，令人羨慕。

家境一般的，清晨起來，去咖啡室飲杯香濃咖啡或奶茶，吃一個菠蘿牛油包或火腿蛋三文治或白粥油炸鬼或皮蛋瘦肉粥或叉燒腸粉……各有所好。吃完早餐，去附近公園蹓躂散步，與相熟「老友記」聊天吹水；喜歡下棋的找一個「老友記」下一盤，找不到對手的，也圍在一起看別人下棋，站在背後指指點點，口沫橫飛。

喜歡運動的，天未亮就起床去晨運，去行松山或去行公園。在我居住的房子向下望，可以望見大廈三樓會所公園，每天清晨和黃昏都有「老友記」在繞圈子。大廈對面的廣場，每天清晨和黃昏都有三、四組大媽大嬸（當中有不少「老友記」）

隨著音樂的節奏跳廣場舞。

喜歡唱粵曲的，會約同幾個志同道合的「老友記」，自組微型粵劇團，一起唱和，自得其樂。偶爾與內地粵劇團合作同台演出，在永樂戲院粉墨登場，做票友，過過戲癮。

有長者報讀市內高等教育學校的長者課程，學習書法和繪畫。有些「老友記」的作品頗有水準，有大家之風。

我附近的公園圖書館，除午晚飯時間外，都一座難求，八成座位都被長者佔了。很少長者會上網看新聞，他們喜歡閱讀報紙。在澳門的公共圖書館可以找到幾乎所有本地的日報、週報、月刊和季刊和不少香港出版的報刊。不少老人家有深度近視或老花，他們的臉要很貼近放在枱上的報紙才看得清楚，鼻尖都差不多碰到報紙了，過了不多久，整個臉都伏在報紙上，睡著了。望著好夢正甜的長者，圖書館工作人員都不忍心叫醒他們，除非鼻鼾聲太大。

但不是每個長者都選擇過這樣閒情逸致、悠哉遊哉的生活。有些「老友記」

不甘寂寞，不認老，古稀之年還要逆時針而行，選擇退而不休。

一個月前，我突發奇想，想寫一些非學術性文章。農曆大年初一凌晨我寫了一篇雜感文〈夢〉，〈夢〉是我第一篇非學術性文章。接著寫了〈生〉。〈老〉是我第三篇雜感。

我一介書生，沒有甚麼大志、大抱負，更算不上甚麼「老驥伏櫪，志在千里」，我只想用盡餘生，做些自己喜歡做的事，不斷挑戰自己而已。如果天假以年，寫完這本雜感小書之後，我或許會嘗試寫小說。不過，挑戰還是蠻大的。學術研究和文學創作完全是兩碼事，前者可以以勤補拙，後者則主要靠天賦。我不知道自己有沒有文學細胞，所以，我對自己沒有抱甚麼期望，更沒有任何幻想。

想通了，其實慢慢衰老這個人生必經的過程並不完全是灰色的。我發覺我現在有更多時間陪伴妻子和兒女，而且更珍惜同妻子兒女相處的時刻。老婆比我年輕二十一歲，還在山頂醫院上班。澳門護士的工作壓力大，工作很忙，老婆每天下班回家，整個人累得已經不能再動了。我義無反顧，向老婆請纓做全職「家庭煮夫」，負責一日三餐，包括買菜、煮飯和洗碗。

我很滿意現在的「退休」生活，感覺蠻充實的。

二月二十八日

病

四十年前，我常常覺得胸悶胸痛，晚上睡覺仰臥在床，那種感覺更明顯，要用手掌輕輕撫摸胸口，才能舒緩痛楚。我懷疑自己有心臟病。在冬天，我模仿拿破崙，將右手插在大衣的扣縫裡，在其他季節，感到胸悶的時候，用手捂著胸口。

胸痛始於六十六年前，那年我在廣州唸小學五年級，剛十一歲。有一天，在學校操場同一個高我一級的男生發生爭執，打起架來，對手比我大至少兩歲，個子比我高出至少一個頭，只一瞬間，我被他掃跌在地，好像「撻生魚」（粵人劏生魚前，習慣先將魚撻暈）一樣，背腰凌空著地，著地時，感覺背部、胸部一陣劇痛；過了幾天，腰背不再痛了，但，自此之後常常感到胸痛。

一九八〇年，我應聘到日本國際基督教大學任教。開學前，要做入職前體檢。

醫生問我身體狀況，有沒有家族遺傳病或其他疾病，我怕影響入職，甚麼都沒有說。第二年體檢（學校規定全體員工每年都要做體檢），我告訴醫務所的宮本醫生我常常感到胸痛，可能有心臟疾病，他登時臉色凝重。醫務所馬上用當時最先進的醫療設備，照X光啦、心電圖啦……折騰了大半個小時。我很欣賞日本人做事認真、一絲不茍的態度。檢查完，我坐在候診室等候檢查結果，好像等候法官判刑一樣，心中忐忑，坐立不安。二十分鐘後，四十出頭的宮本醫生向著候診室走過來，步伐穩健，還是那樣的臉色凝重，沒有一點兒笑容，我緊張得心跳加速、手抖，心想，這次一定凶多吉少。

宮本醫生走到我面前，微笑著，用英語說：「余教授，你的心臟完全正常，你放心。」

我全身震撼，不敢相信我的耳朵，我顫聲地說：「宮本醫生，可以請你再說一次嗎？」

「你的心臟完全正常。」

壓在我心頭二十多年的大石突然消失，我有點兒不知所措，有些失態，我向著宮本醫生躬身行禮，用我蹩腳的日語，說：「謝謝！」

走出醫務所，我的胸痛奇蹟地突然消失，無影無蹤，好詭異！之後也沒有再復發。我也不再模仿拿破崙將手插在大衣裡或用手捂著胸口了。

三十多年前，我到醫院割除中耳（左耳）膽脂瘤，左耳的聽覺受到一定程度的影響。我叫親人和朋友同我説話聊天時坐在我的右側；同囡囡在街頭漫步，也叫她靠著我的右邊走。同不熟的人或陌生人説話，如果他們坐在或站在我的左邊，我會側著頭用右耳聽他們説話。看電視或聽音樂，我也是側著頭用右耳聽。

兩年前，我感覺右中耳有些水，懷疑可能中耳發炎，而我平時太依靠右耳了，心中忐忑起來。我決定去山頂醫院看耳科專科。

我的主診耳科醫生王醫生是從內地來的資深醫生，不會説廣東話，山頂醫院給他配了一個護士做翻譯（也是他的助手）。王醫生説話比較慢，我聽得很清楚，但出於禮貌，我並沒有打斷護士姑娘的翻譯。王醫生叫我先去隔室測驗聽覺。負責測驗聽覺的護士姑娘做得很認真、很專業，驗完我的右耳又驗左耳，驗完左耳又驗右耳，驗完右耳又驗左耳……足足花了二十分鐘才做完。她將測驗報告交給王醫生。

王醫生定睛看了一會兒，說：「你左右耳的聽覺完全正常，沒有差別。以你現在的年紀來說，你的聽覺算是非常不錯了。」

護士姑娘用廣東話重複了王醫生的說話。

我愣了一下，不敢相信我的耳朵，說：「真的？」

王醫生點了點頭，說：「割除膽脂瘤，只會短暫地影響聽覺，在一般情況之下很快就會恢復正常了。」他接著檢查了我的右耳，說：「你的右耳沒有積水或發炎，不需要吃藥。」

走出山頂醫院，門口正堵車，我發覺左右兩邊的車輛都發出很大的噪音，咦，以前我只感覺到右邊的噪音，現在左右兩邊都同時感覺到了，難道左耳的聽覺是真的恢復正常了嗎？我還是有點兒不大相信，回到家裡，開了電視機，用手封住右耳，只用左耳聽新聞報導，發覺同以前不一樣，聽得很清楚；我將聲音調低了一些，只用左耳聽，仍然聽得清楚；我將聲音調得更低一些……我反覆測試，發現左耳的聽覺不比右耳差。我完全懵了，我的認知又一次被顛覆了。三十多年來，我一直以為左耳的聽覺只有右耳的一半，原來只是錯覺，心理作用，好像四十年前的胸痛一樣。

我到現在還是覺得不可思議，困擾了我幾十年的胸痛和耳疾，怎麼可能在一瞬間霍然痊癒？當宮本醫生用確定的口吻說我的心臟完全正常，當王醫生用確定的口吻說我的左耳完全正常，我如被醍醐灌頂，頓時醒悟，困擾我幾十年的頑疾頓時消失。但是，之前我的胸痛和左耳欠聰是確確實實的存在，並不是幻覺啊！我知道，如果告訴我心臟和左耳正常的人是來自街頭的江湖郎中，我肯定不會相信，肯定不會對我的頑疾起到任何作用。但我相信宮本醫生和王醫生的專業判斷，才會突然開竅，解決了困擾我幾十年的心魔。能否破除心魔，只在一念之間，關鍵是一個「信」字。

這令我想起了《聖經》記載耶穌醫治好病人的故事。耶穌對信祂的病人說（大意）：「婦人，起來，妳的病痊癒了。」

是的，因為我們「信」，奇蹟就出現了。

生病有生理和心理的原因，我自己的體悟是，後者往往更是主要的原因。

三月十八日

死

人，總有一天都會死。

自出娘胎，就開始倒數，一步一步走向死亡。

記得小時候有一天，母親帶著我去村裡「盲眼相」家，叫他替我摸摸掌紋，算算運程。很多村裡人都找盲眼相為初生嬰兒命名，或為未婚兒子和可能成為未來媳婦的女子配對八字。盲眼相摸著我的手掌，摸完左掌摸右掌，邊摸邊說，說我將來的妻子和兒女怎麼怎麼的，我都忘了，只記得他說我陽壽六十八歲。

自此我念念不忘六十八歲大限。踏入六十八歲那一年，我開始疑神疑鬼，心神不寧。有一天，我乘搭巴士去氹仔，下車時，摔了一跤，頭破血流，傷口要縫八針（見〈老〉）。我雖然沒有因傷死亡，沒有應驗盲眼相的預言，但我已經被驚嚇得一身冷汗了。

跨過了六十八歲這個坎，我的心還未能完全平靜下來，不，我更感覺忐忑不安了。我擔心，下一個大限呢？七十八歲？八十八歲？九十八歲？明年就到七十八歲大限了，我可以跨過嗎？

令我稍覺安慰的是，我曾祖父祖父和父親過世的時候，都年過八十，在那個年代，已經算是高壽了。而且，他們都是自然死亡、無疾而終。曾祖父在晚上睡夢中逝世；祖父有一天伏在咖啡枱（counter）上午睡，就再沒有醒過來了；父親有一晚洗澡時滑倒在地，昏迷不醒，當晚也就離開我們了。我都希望能夠步他們的後塵，自然死亡、無疾而終。

二哥今年九十一歲，四哥八十五歲，七哥八十歲。他們都身體健朗。我想，我應該也可以跨過七十八歲和八十八歲這兩個坎吧。不過，看著身邊的朋友、同學、親人一個個走了，心裡就再沒有那麼淡定了。每隔兩、三年一次的舊同學敘會，都總有人掉隊，不知道甚麼時候輪到我掉隊呢？

記不起從甚麼時候開始，每次電視台報導某某明星或某某名人逝世的新聞，我特別留意他們的「終年XXX歲」。我發覺愈來愈多逝去的明星和名人都比我年輕（因為我的年齡愈來愈大）。

我們都知道，人總有一天都會死。既然是無法逃避的現實，我們為甚麼不可以以平常心看待死亡、等待死亡大限的到來呢？

我個人的體會是：有兩個原因令我對死亡感到不安。第一，是對死後世界的無知。對死後世界的無知令我感到恐懼。人死後有沒有靈魂？有沒有前世今生？有沒有因果輪迴？有宗教信仰的人，篤信他們死後的靈魂會與他們的神同在。我母親和我的小兒子都是農曆九月十九日觀世音菩薩誕辰日生。每年觀音誕，我都去鄰近的普濟禪院（觀音堂）上香，祈求觀音菩薩保佑阿媽和囝囝。但我並不是一個佛教徒。

第二，生死契闊，我沒有一些人那麼灑脫、看得透，感覺死後並不是塵歸塵土歸土、一了百了這麼簡單。對至親我還是放心不下的。我的五個兒女，大女兒、二女兒和大兒子都有穩定的工作，無須我牽掛；孻子孻女今年夏亦將分別完成碩士和學士課程，他們學有所專，在澳門找一份穩定的工作應該難度不大。而且兒女都長大了，我也是時候放手，讓他們走自己選擇的人生道路了。唯有我老婆，我走後她還要多活二十多年，誰來照顧她？她的兩個小孩對她還是挺孝順的。但當老婆年紀老邁、說話囉嗦、耳朵聽得不大清楚的時候，囝囝囡囡會不會覺得不耐煩呢？會不會對她失去耐性呢？那又怎麼辦呢？我在生之年，會盡一切能力愛護她照顧她寵溺她，但我百年之後呢？我最放不下最牽掛的就是陪伴我一起走過二十五年歲月的妻子。

為了爭取多幾年的歲月陪伴家人，我將身體健康放在首位。退休後，我很自律，飲食嚴格遵守少鹽、少糖、少油、少肉的原則；不暴飲暴食；每天至少飲八杯水；煙酒不沾。我堅持每天運動、到附近公園或大廈三樓會所繞圈子。我還有一個習慣，自從八十年代定居澳門以來，因為南國天氣很熱，冬天也不冷，所以，一年四季我都洗冷水澡。我身體的免疫能力也還是可以的，記不起上一次患上傷風感冒是哪個猴年馬月了。有人説，小病是福，可以趁機會休息幾天，可惜我沒有這個福氣。

死亡倒數，讓我想起葬禮，我自己的葬禮。

我參加過朋友、同事和親人包括至親的葬禮，也去過不少追思會。我是一個愛靜的人。我忍受不了呼天搶地的死者親人的哭喊聲，忍受不了非常吵耳的好像唱大戲的哀樂聲，忍受不了「喃嘸佬」裝神弄鬼口中唸唸有詞的為死者「打齋」和「招魂」。逝者已矣，不可以讓死者安安靜靜的走嗎？

我更無法忍受虛偽的追思會。曾經參加一個領導同事的追思會，有與死者生前不咬弦、爭上位的同事，登上講台，神情哀傷，追憶死者生前如何如何無私奉獻、如何如何領導有方、如何如何團結全校員工……演技逼真，大話謊話一大片，太惡心了。如果我是死者，一定會被氣得七竅生煙，立馬從棺材裡跳出來。

最後，我的骨灰安放在哪裡？我又不是甚麼開國將軍或萬人敬仰的總理，總不能將自己的骨灰撒在天空或倒去大海吧？我一生最大的遺憾是，父母親在生的時候，我四處漂流，沒有承歡膝下；父母臨終前，我又未能夠在他們身邊陪伴他們走完人生最後一段路程。我百年之後，很想回到父母親的身邊，陪伴他們。我妻子呢？我欠她太多太多了。已故前妻呢？我也欠她太多太多了。很想將我的部份骨灰安放在亡妻的骨灰旁邊，陪伴她，但我不知道也無法知道她是不是還恨我，而且，又怕老婆想多了，怕她誤會。

有一天，當家裡沒有其他人，我向孻女交代身後事，說：「我死後，不要發訃文，我只是個平凡人，生死無足輕重。搞一個簡單的私人葬禮，只有妳、妳媽咪和妳的兩個姐姐兩個哥哥參加。在葬禮上不要哭或流淚，我不想見到你們傷心，默默的望著我，為爹哋禱告吧。千萬不要找喃嘸佬打齋唸經，找個牧師同我做安息禱告就可以了。更不要搞甚麼追思會，太假了。葬禮進行中，播放妳或妳哥哥彈的（兩人合奏更好）莫扎特的安魂曲。我的骨灰，一半安放在加拿大我父母墓旁，一半留在澳門，待妳媽咪百年歸老之後再與妳媽咪的骨灰放在一起。還有，妳媽咪年紀大了，就會愈來愈長氣（囉嗦），妳和哥哥對妳媽咪要有耐心，要有無限的耐心。還有，有空多聯繫妳大家姐和二家姐，她們都是妳的親姐姐。」

我頓了一頓，執著囡囡的手，凝視著她：「乖女，爹哋走的時候，妳可以在我身邊陪伴我走完人生最後一段路程嗎？」

我還未說完，囡囡的眼淚已經奪眶而出。

三月三日凌晨

祖父

我沒有見過祖父。祖父生於光緒六年（一八八〇年），終於一九六三年。祖父過世兩年後，我和父親、母親、七哥和妹妹才移民加拿大，是二哥申請我們去的。

清季承平日久，人口激增，家鄉人均耕地不足兩畝，鄉人生活窮困。十九世紀中葉，戰亂不斷，先有太平軍之亂，後有長達十四年的「土客大械鬥」，「土」是指當地原住民（廣府人），「客」是指從粵東嘉應州等地遷入的客家人。雙方為了爭奪土地和水源，發生大規模械鬥，傷亡人數高達百萬。五邑（台山、開平、新會、恩平和鶴山）一帶，首當其衝，民不聊生。不少人尤其是年輕人為了生計，不惜冒險遠渡重洋，到達太平洋彼岸的美、加、古巴和委內瑞拉等國謀生。更有遠赴非洲東部的毛里求斯（港譯模里西斯）島和馬達加斯加島。

祖父於一八九八年冬在溫哥華上岸，於一九〇五年移居沙省（Saskatchewan）的省會雷城（Regina）。祖父說，他是第一個定居雷城的華人。據祖父回憶，當年雷城人口還不足五千（現在約一百萬人），沒有工商業，只有麥田和牧場。

祖父於一九〇九年回國成婚，妻黃氏。父親和姑姐出生後，祖父隻身重返加拿大（那年代，加拿大政府還未批準華人攜帶妻子去加國定居）。一九三一年祖母去世，祖父回鄉續弦，繼室關氏。二姑姐出生後，祖父再隻身返回加國，之後，祖父再沒有回國。

一九六五年，我和父母親、七哥和妹妹在雷城安頓下來。我在雷城唸Grade12。學期還未結束，父母和七哥、妹妹已經搬遷去東部多倫多市居住。四哥和父親相熟的宗親兄弟都住在多倫多。

有一天，我因事查看雷城電話簿，發現竟然有二百多個余姓電話，如果以每個電話平均有二人使用計算，雷城就有五百余姓華人，而當時雷城華人人口還不到一千人！後來我問二哥（二哥在離雷城北約一百多公里的一個小鎮開了間餐館），才知道雷城有過半余姓華人都是由祖父直接或間接申請移民來的。

祖父於一九〇九年第一次回國的時候，他唯一的哥哥剛去世，遺下兩個年幼的兒子。上世紀五十年代初，內地解放後，加拿大政府放寬移民政策，祖父申請繼祖母、二哥、四哥和他的兩個侄兒去加拿大團聚。祖父並以「父親」或「兄弟」的名義，先後成功申請了二十多個同村宗親移民加拿大。他們住滿五年入籍加國，再申請他們的家人到加國團聚。到六十年代中，雷城已經成為余姓宗族的聚居地了。

祖父沒有申請父親去加拿大，因為父親是獨子，他不想父親去加拿大吃苦，而且祖父故鄉情重，希望晚年回鄉、落葉歸根，所以留下父親在家鄉發展。

二哥和四哥移民加拿大後的頭幾年，在祖父的咖啡室和超市（咖啡室在超市內）工作，每天工作十六小時，每週工作七天。超市的貨物堆放在地下土庫，二哥和四哥晚上就在堆滿貨物的土庫睡覺。但是，相比祖父於上世紀初一個人獨闖雷城，一無所有，從零開始，我兩個哥哥的艱苦歲月也就算不了甚麼。

空間時間，祖父喜歡給他兩個孫兒說故事。祖父說，他於世紀初隻身到雷城，那時的雷城還是一條農村，工作條件差，他住的屋子破舊，沒有暖氣，晚上燒柴或燒煤取暖，但為了省錢，臨睡前也沒有再添加煤炭。有一天早上醒來，發覺頭動不了，一動就一陣劇痛，原來自己的辮子（宣統退位前，海外華人大多留著辮子）粘在窗門的縫隙上，被冰包住了！

祖國解放，祖父非常興奮。他幾乎將畢生的積蓄匯寄給在家鄉的父親，囑咐父親：一，蓋新房子（碉樓）；二，從英國進口兩輛九人座位小巴，行走於開平和台山之間（那年月，通漲還未受控，父親決定只收港幣，不計遠近，上車五仙）；三，在赤坎鎮開了一間五金廠。祖父計劃等中國局勢穩定後，回國安享晚年。解放那一年，祖父已經六十九歲。但世事無常，碉樓剛建成，聲勢浩大的土改運動開始，並瞬即席捲全國，父親也被波及。上層政府規定我村的地主名額是三個，還好，父親被排在第三位，排在前兩位的地主已被槍斃，父親只被批鬥。

父親在鄉間的所有資產和田地（約五畝）都被充公，並被罰巨額款項。一切交割清楚後，鎮政府才讓我們離開鄉下。一九五二年冬，在一個寒冷的晚上，我們一家六口（爹媽、二嫂和我們兄妹三人），在赤坎登上已經在等候著我們的漁艇；船夫兩人，一人在船頭持篙撐船，一人在船尾蕩槳搖櫓，欸乃欸乃的沿著潭江河邊，東行到江門，然後再轉乘大船去廣州。之後，父親再沒有回過家鄉，祖父的回鄉夢更徹底幻滅。

祖父脾氣好，據二哥回憶，祖父沒有罵過他和四哥，也從不責罵在超市工作的兩個侄兒。他從不大聲說話（He never raise his voice），人緣很好，常和客人聊天。二嫂於一九五五年到了加拿大後，生了二男二女，祖父對他的曾孫寵愛有加，從不罵半句。

一九六三年初的一個下午，祖父伏在咖啡室的櫃枱（counter）午睡，睡了一個多小時還未醒過來。繼祖母叫了他好幾聲，都沒有反應。祖父已經在睡夢中逝世，無疾而終，享年八十三歲。

祖父算不上是一個特別有本事的人。但是，祖父在惡劣的環境底下，還能夠白手興家，並直接或間接成功申請鄉下的宗親兄弟二百多人移民加拿大，他本身就是一個傳奇。

四月十日

父親

父親於宣統三年（一九一一年）生，於一九九四年去世。

父親在農村出生，在農村長大，但他從來沒有下田耕作。兒時見父親十隻手指都留有長約差不多半寸的指甲，但見不到村裡其他人留指甲。我很好奇，有一天，問母親。

「因為你阿爹是一個讀書人。」

父親中山中醫學院畢業，但他並沒有正式掛牌行醫（原因見〈起名〉）。常見村民拿著一兩條活魚，或提著一竹筐剛從菜田摘下來的瓜菜，找父親看病。村裡大嬸阿婆不時會請父親寫信給她們遠在美、加或其他國家的親人。開平是著名僑鄉，據村人估計，我村約有一半人口在國外。那年代還是用毛筆寫信。我藏有父親用毛筆寫的〈家譜〉，柳體楷書，工整挺秀。

在加拿大的祖父定期匯款回家。我家雖算不上大富人家，亦算小康，衣食無憂。但父親並不是一個「二世祖」，他沒有甚麼不良嗜好，嫖賭飲蕩吹（「吹」，指抽鴉片煙），一樣不沾。

在鄉下，同其他村民一樣，父親喜歡吸水煙筒和紙卷煙。茶餘飯後，常見三兩村民聚在一起，邊吸水煙邊聊天，說的多是民國舊事或三國水滸西遊記封神榜人物。我喜歡看阿爹捲紙煙，他先將煙絲拉扯均勻，把煙紙捲個彎度，把煙絲放進去，再用拇指和食指壓平，不消一分鐘就捲好一支紙煙了，好像玩魔術一樣。到香港之後，再沒有看見阿爹吸紙卷煙。他改吸香煙，但只吸沒有濾嘴的香煙。阿爹說，有濾嘴的香煙沒有味道；吸沒有濾嘴的香煙，好像吸紙卷煙一樣，有煙味。

阿爹吃飯時喜歡飲一小杯酒，在鄉下飲雙蒸，到香港改飲「竹葉青」，到加拿大改飲白蘭地。

我們幾兄妹沒勸父親戒煙戒酒，只囑咐他「少」吸煙「少」飲酒，因為，我們覺得，阿爹沒有其他嗜好，如果連煙酒都戒掉，就會很寂寞和孤獨。我每次探望父母都給阿爹帶煙酒。

父親最厭惡賭博。有一天，二哥同族中兄弟「打麻雀（將）」，回到家，腳還未跨過門坎，阿爹已經拿起扁擔當頭打下去，二哥大驚，落荒而逃；那一年，二哥已經十九歲了。

父親不務農，我家也只有五畝田，但仍然逃不過五十年代初的「土改運動」。父親被劃分為地主，被批鬥，被罰跪玻璃碎片。這是父親一生所受到的最大的打擊。這裡有一個小插曲：父親在村裡人緣好，平時為村人免費看病、寫信，頗受村人敬重。被劃分為地主後，沒有村人願意出頭批鬥父親。鎮政府沒法，唯有派鎮幹部到村裡遊說村人，最後，找了父親一個堂兄弟，也就是在我家做長工，最受父親照顧和信任的人，出面指控、批鬥父親。父親氣難平。在大飢荒年間，父親寄包裹、匯錢回鄉下救援親友，唯獨不寄給他那個堂兄弟，到了大飢荒次年，那人也因營養不良、發水腫病死了。有一天，阿爹剛從批鬥會回來，我年少無知，還在村裡和其他村童玩耍。突然，有村童大聲呼叫：「打倒地主仔！打倒地主仔！」有人撿起一塊磚頭向我扔過來，頓時砸得我頭破血流，幸好，我已經走到家門口，二嫂伸手拉我進去，並立即將門關上。七十年後，我額頭上的一寸疤痕還清晰可見。如果不是二嫂及時伸手拉我，我可能已經小命不保了。

一九五二年冬，阿爹帶著阿媽、二嫂、七哥、妹妹和我離開家鄉去廣州居住。一九五五年移居香港，十年後移民加拿大，在多倫多定居。離開家鄉後，父親再沒有返回過。

不過，父親還是牽掛著他母親在家鄉的墓地。祖母黃氏於一九三一年去世，她被安葬在靠山邊的田地上。大躍進期間，鄉下大修水利，水渠流經祖母墓地，她的墳墓被鏟去，墓碑也不知去向。那年月，鄉下沒有人敢為我家出頭說話，修水利之前也沒有遷葬祖母的骸骨。父親為此事一直耿耿於懷。我每次回鄉，父親都再三叮囑我尋找祖母的墓地，但我每次都令阿爹失望。

去加拿大之前，父親從未打過工。定居多倫多市後，經宗親兄弟介紹，阿爹在一間芽菜廠工作，負責發芽苗、澆水。美、加人喜歡吃唐餐，喜歡吃芽菜炒雞肉或炒豬肉（**chicken chop suey, pork chop suey**）。阿爹在芽菜廠工作了十多年，至七十歲退休。

父親喜歡吃雞胸肉，他説，雞腿肉只得一個「滑」字，沒有雞味，雞胸肉則愈咀嚼愈有味道。到加拿大後阿爹也愛吃火雞，但只吃胸肉，不吃火雞腿。有雞吃的那一餐飯，我們幾兄妹都自覺將雞胸肉留給阿爹吃，阿爹也吃得津津有味。

在多倫多唸大學那幾年，我同父母一起住。有一天，下午的課被臨時取消，我提前回到家裡，坐在大廳看報紙，阿爹阿媽正在廚房吃午飯，不知道我已經回來。父母年紀大，有點耳背，所以説話聲音比較大，我無意間聽到他們的對話。

媽：「今天阿仔不在家吃飯，你就吃隻雞髀（腿）吧。平時你自己捨不得吃，留給孩子吃，現在孩子都長大了，也無所謂了。」

爹：「嗯……」（我聽不清楚父親的回答。）

噢！原來阿爹瞞了我們二十多年，阿媽也幫阿爹一起瞞著我們。不得不讚，父親的演技還真棒！

我不忍戳破父親的謊言，美麗的謊言。

我成為人父後，也對我的孩子說：「我不喜歡吃雞腿，無雞味；我喜歡吃雞胸肉，有雞味。」不過，我並沒有跟足父親的版本，我連兩個妻子都瞞著了，她們也相信我喜歡吃雞胸肉。

母親於一九九三年四月一日去世。在母親的葬禮上，由瞻仰遺容到母親入土為安，父親全程一言不發，我也沒有看見父親流淚。但是，我們全家人都知道、心裡明白，父親受到沉重的打擊。相伴六十多年的妻子先他而去，父親很沮喪、很失落，一下子好像老了十年。一九九四年四月二十五日，父親洗澡時不小心滑倒，昏迷不醒，當天晚上就去世了。

據妹妹回憶，父親最後的一年都在孤獨中過。母親過世後，父親的身體狀況急轉直下，有時候望著母親的遺照發呆，好像還未從喪妻之痛中恢復過來。

四月十五日

母親

母親於宣統二年（一九一〇年）生，大父親四個月。母親姓鄧，娘家離我村不遠，步行約三十分鐘。母親的兩個哥哥都移民加拿大，開餐廳和雜貨店（grocery store）。

我看過母親年輕時的舊照片，端莊秀麗，比一般村婦漂亮多了。我好奇（八卦）問阿媽結婚前有沒有和阿爹見過面。

「有。有一天早上，阿媽叫我穿上新衣服，說下午有人過來提親。當天下午，我見大廳有個青澀少年跟在媒婆六嬸後面，探頭探腦，東張西望，那個人就是你阿爹了。」

其實，真正的媒人是祖父。大舅父在離雷城不遠的一個小鎮開餐廳，認識祖父。祖父提出兩家聯姻，在鄉下找「盲眼相」配對八字，相合，大舅父欣然同意。阿爹和阿媽的結合，也可算是千里姻緣一線牽了。

跟父親不一樣，農忙時母親都有下田插秧、割禾，農閒時到村後的百足山砍柴、割草。我出生那一天，阿媽還和繼祖母去山邊割草，突然下大暴雨，阿媽走避不及，全身濕透，回家後發高燒，當天晚上就生下我，之後大病一場，臥床大半年，差一點連命都掉了（見〈生〉）。母親生了八男一女。妹妹於一九五〇年二月生，那時二嫂剛過門，碰巧，二嫂的妹妹也於同一個月出生，一對親家同時喜得女兒，成為一時佳話。

阿媽的嗓音大。我很少在家，整天都在外面玩。每逢吃飯時間，阿媽就站在碉樓門口大聲喊叫：「牛娣（我的乳名），吃飯咯！」全村人都聽見我媽的叫喊聲。

每天清晨，二嫂起床煮早餐（早飯）。我七歲開始上學，早上七時起床，吃完早飯，揹著書包，就屁顛屁顛的返學了。據二嫂回憶，母親每天都站在門口，望著我的背影，直至我的背影消失於田埂阡陌間（禾稻比我高），看不見了，才返回屋內。

母親沒有上過學，不識字。她勉強聽得懂廣州話，但不會講，只會說家鄉話。我們在家裡都是說家鄉開平話。

母親喜歡看粵劇，喜歡看由芳艷芬、鄧碧雲、譚蘭卿、余麗珍、梁醒波……等等粵劇紅伶主演的粵語片。六、七十年代多倫多有中文電視台，每天有幾小時播放港產粵語片。有時候阿爹陪阿媽看，我有空也陪阿媽看。我喜歡坐地毯，背靠著阿媽坐的沙發，坐在阿媽的腳旁。我不是一個粵劇迷，但也不排斥傳統粵劇。其實，我沒有專注看劇，我的眼睛更多的是望著阿媽看戲看得入迷的樣子。阿媽偶爾會彈出一句：「你睇鄧碧雲幾衰，老是欺負芳艷芬。」我微笑著附和：「係呀，佢（她）真係好衰呀！」

我是在多倫多大學唸大二那年認識前妻，她唸營養科學。我們建立情侶關係後，我帶她回家見父母，阿爹阿媽蠻喜歡。在大學上課，我們時常在一起吃午餐，我每天都是吃早上從家裡帶來的三文治，天天都是火腿芝士三文治。她很奇怪。

「你很喜歡吃火腿芝士三文治嗎？天天吃不厭嗎？」

「我不想阿媽太辛苦，不想她每天起床為我做早餐。所以，我每天早上都是忽忽忙忙的吃兩隻雞蛋和一碗牛奶麥片，然後從冰箱拿兩件在睡前已經準備好的火腿芝士三文治返學校。」

「我真的服了你……但這，不夠營養啊！」

我還是吃了一年火腿芝士三文治。後來，在前妻的堅持下，改吃雞肉三文治火雞肉三文治吞拿魚三文治沙甸魚三文治……都是用凍肉或罐頭魚做的三文治，簡單省時。

多倫多大學畢業後，我們倆結婚並一起去夏威夷大學讀研究院。七五年九月大女兒出生，我那時還趕著寫論文，妻子也忙於學習。沒辦法，只有求助於母親。阿媽很快就來到夏威夷，幫我們看護女兒和煮飯、洗衣服。阿媽住了一個多月，直至我寫完博士論文後才返回多倫多。

一九七二年二月美國總統尼克森（Nixon）訪華。同年夏天，我和妻子回國旅行。我們先去北京、上海、桂林、廣州等地旅遊，最後的行程是重返離開了二十年的故鄉。碉樓大廳還掛著鑲裝在相架內已經發黃的家庭照片，我也在父母的房間找到一本阿爹用毛筆字寫的〈家譜〉，都是在一九五二年底，我們全家倉皇離鄉去廣州時（見〈祖父〉）留下的。村裡人都很好奇，我七歲已經離開鄉下，但二十年後還能說一口標準的家鄉話。我說：「我們在家裡說家鄉話，因為阿媽只會說家鄉話。」

在多倫多，阿爹阿媽同四哥一家人一起住。四哥有三個一至八歲的小孩，一男二女。四嫂是愛爾蘭人，但兩人已離婚，小孩沒人照顧，阿媽就扛起照顧三個孫兒的責任。因為阿媽只會說家鄉話，三個小孩沒有選擇。不到一年，三個小孩都會說家鄉開平話，尤其是最小的男孩，更是一口流利的家鄉話，說得比他的母語英文還要好。

母親為人善良、性情溫和，從不打罵她的兒女，也沒有見過她同人吵架。二嫂、七嫂和我的妻子同阿媽相處和洽。

我沒有見過或聽過阿爹阿媽吵架，只是有一次，在香港，那天，我正趕著出街，走到門口，聽到阿媽聲音沙啞，好似是嗚咽著說：「毓伉（父親的字），你……你……你好！」

阿媽去世後一年，當年那個只見了一次面就陪伴她一生的「青澀少年」也黯然離世。

四月十六日

二嫂

二嫂過門時我五歲，妹妹還未滿一週歲。那年二嫂十六歲，正是青春少艾，紅彤彤的臉，吹彈可破，亮麗清澈的大眼睛，和農村女子特有的健康膚色，是農村難得一見的美女，真的很羨慕二哥的福氣。

在農村擺婚宴，全村人都是賓客，阿爹阿媽正忙於招呼客人，我和一班同齡小朋友嚷著要鬧新房。新房在剛蓋好的碉樓。媒婆將一大盤糖果、瓜子和乾果子（紅棗、荔枝、龍眼和柿子）撒在新房床上，我們一班百厭星一哄而上，爭先恐後，拿到糖果和乾果就往褲袋、衫袋塞。

二嫂婚前在縣城女中唸書，二哥也在縣城唸中學。有一天，二哥同一班男生去女中偷窺。女中有外牆圍住，但不高，約一米五左右，矮個子站在一兩塊磚頭上都可以望見牆內。牆內操場正好有三、四個女生在聊天。二哥的眼球一下子被一個圓臉大眼睛的漂亮女生吸引住了。女生發現被人盯著，瞟了二哥一眼，四目交投，怕羞低下頭，臉都紅到耳根了。打聽清楚是誰家姑娘之後，二哥央求父母親託媒提親。

二嫂過門後，扛起照顧我、七哥和妹妹的責任。二哥結婚兩個月後就移民加拿大（半年後，四哥也移民加國），五年後入了加籍申請二嫂赴加國團聚。

母親除了給妹妹餵奶、換尿布，其他家務包括一日三餐都讓二嫂做。二嫂溫順善良，孝順老爺、安人（鄉下人叫家婆安人），婆媳相處和洽，我從來沒有聽過母親罵二嫂半句，二嫂也從沒有埋怨我母親半句。

二嫂手腳麻利、勤快，照顧了我們兄妹三人五年，照顧得妥妥當當。而且，二嫂對我有救命之恩（見〈父親〉），到現在我還是心裡感恩。

一九五五年，二嫂移民加拿大，再見二嫂已經是十年之後的事了。

一九六五年八月，父母親帶著我們三兄妹一起移民加拿大。乘飛機到達溫哥華後，我們轉乘火車去沙省（Saskatchewan）省會雷城（Regina），二哥二嫂和四個小孩已經在火車站等候我們了。（四哥已經移居多倫多市。）我很遠就望見二嫂，滿臉笑容的向著我們走過來。四個有點兒靦腆的小孩，兩男兩女，緊跟在二嫂身邊。二嫂明顯比年輕時消瘦，沒有青春時期的豐潤，卻多了幾分滄桑。

二哥在雷城北一百多公里的小鎮 Fort Qu’Appelle 開了一間餐廳，餐廳有三十多個座位，主營西餐，也有賣些中餐如雜碎（chop suey）和炒飯等。小鎮有人口二千。附近有一個長約二十多公里，寬約四、五公里的湖泊，湖上設有滑水、划艇等水上活動；產鱒魚（trout），可供遊客垂釣，是沙省著名旅遊避暑勝地。遊客是餐廳的重要客源，但沙省冬長夏短，冬天雖然也有遊客到湖上溜冰或鑿冰釣魚，到底人數不多。二哥餐廳的主要客源是來自離小鎮北十多公里的「土著保留區」（Indian Reserve）。每個月初，當地土著拿到聯邦政府給的補償金後，吃喝玩樂，不消幾天，就花光了整個月的補償金。二哥的餐廳是當地土著的聚集地，每逢月初，餐廳都坐滿了客人，二哥二嫂都忙得透不過氣來，四個孩子還小，幫不了忙。二哥要僱請兩、三個臨時工才可以應付得來。

我在加拿大的第一個聖誕節在二哥二嫂那裡過。小鎮的冬天比雷城還要冷，白天有太陽還可以，入夜寒風刺骨，溫度驟降至攝氏零下四十度。小鎮的冬天很長，八月底晚上的氣溫已下降至零下，八月底或九月初開始下雪，到翌年五、六月還可能會下雪，真正的夏天要到七月中旬才開始。夏天天氣乾爽，不悶熱，白天氣溫不超過攝氏三十度，晚上又下降到只有二十度左右，可惜，小鎮的夏天太短了。小鎮被四邊高地圍住，是一個小盆地，更是一個風眼，一年四季風都刮得很大，有時朔風凜冽，在街上要用肩膊頂著風倒著走路。

六十年代，小鎮的人口有二千，六十年後小鎮的人口仍然是二千，而同期間，有三十萬人口的雷城早已翻了一番。不過，二哥二嫂還是選擇終老於這個有點兒荒涼的西部小鎮。或許，「此心安處是吾鄉」。對二哥二嫂來說，小鎮是他們的第二故鄉，他們的家（hometown）。

十一年前，我和妻子、兩個小孩去加拿大參加二哥二嫂的鑽石婚紀念宴會。

二嫂已經年邁，有點老態，耳朵有點聾，可還算是很精神。二嫂已經有兩個孫兒和三個外孫了。二嫂不會講英語，所以她的四個孩子都會講家鄉開平話。孫兒和外孫就不會講家鄉話了，因為他們的父母會講英語。四哥、七哥和妹妹都從多倫多過來參加二哥二嫂的結婚紀念宴。一家人難得團聚，我們用家鄉話聊天，聊的多是童年往事，彷彿又回到六十年前的故鄉。

去年二哥二嫂結婚七十週年紀念，本已安排好的慶祝宴會，因新冠肺炎疫情而擱淺，延至明年夏天。我計劃明年同家人一起去加拿大與二哥二嫂、四哥、七哥和妹妹團聚。

五月十日

雨

兒時在鄉下，我天天企盼下雨，尤其是下大暴雨。暴雨如注，我站在我家碉樓門口，盯著門前的魚塘出神。打在魚塘上、芭蕉葉上、木瓜樹上的雨點愈來愈大，魚塘開始滿瀉，塘水向外排出田裡，魚塘的魚蝦隨著排出去的水蹦跳到田裡去了。我嚷著要往田裡跑。阿媽說：「等等，等雨停了，我叫廉績（四哥）陪你去。」一那時，家裡還未有雨衣。二嫂幫我穿上不大合身的簑衣，戴好斗笠；雨還未完全停下來，我已經急不及待，拿著魚籠，赤著腳（在記憶中，小時在鄉下未見過水鞋，村民都是赤著腳下田幹活），往田裡跑了。稻田邊的水溝已經積滿水，浸過我的膝頭，而且雨還在不停的下著。我雙手在渾濁的溝水裡亂摸，摸著摸著，要是運氣好，不消十分鐘，就摸捉到一條泥鰍或生（黑）魚或草魚；運氣不好，摸了大半天都可能一無所獲。不是沒有魚，而是我一雙小手太弱了，一碰到魚，魚兒都從我的手中滑溜走了，只捉到幾隻小蝦。四哥的運氣比我好多了，不消一個鐘頭，就捉了十多條魚。我們將魚放進竹籠內，蓋好。回到屋裡，發現還有兩三條吸血蟲（水蛭）黏附在我的小腿上，我連忙使勁將吸血蟲拈開丟去垃圾桶，小腿的傷口登時血流不止。

我更喜歡在雨中釣田雞（青蛙）。每逢下雨天，大大小小的田雞就會從魚塘、田裡跳出來，滿地蹦跳。小田雞不難捉，大田雞就不容易捉了，連手腳俐落的四哥也無法捉到。我們捉了隻田雞仔（小田雞），將它綁在繩子的一端，繩的另一端綁在一枝長約兩米半的竹竿上。我爭著要拿竹竿，四哥不與我爭，拿了一個麻布袋站在我的身旁。我將綁了田雞仔的繩扔去稻田裡，田雞仔還在蹦蹦跳；很快，竹竿往下沉，我用盡蠻勁拉起竹竿，咬著田雞仔的大田雞還是捨不得放開口，在旁候著的四哥，已經手腳麻利的張開麻布袋，將大田雞裝進袋裡。如果田雞仔還是活的，可以再用，死了，再捉一隻綁在繩端。釣了一個鐘頭，已經釣了十多隻田雞，足夠一頓豐富的田雞飯了。田雞飯是遠近馳名的家鄉菜。（細心的讀者可能發現，七哥沒有跟我和四哥一起去摸魚捉蝦或釣田雞，因為七哥自幼體弱多病，阿媽很少讓他參加戶外活動，更何況是在大雨中容易著涼的捉魚釣田雞活動？）

那年代，農村還沒有用化肥，我們水塘養殖的魚也沒有用飼料，純天然生長。所以，塘魚特別鮮美可口；魚塘裡、田裡長大的青蛙也沒病蟲，是理想的桌上佳餚。家裡每隔一兩天，就有一餐飯的主菜是蒸魚或燜魚，都是四哥或我在自家魚塘釣的。

四哥有一雙巧手，家裡有甚麼東西壞了，他都可以修理好。有一天，他從一把破舊的鋼骨傘中取出一條鋼傘骨，用磨刀石將傘骨的兩端磨到尖利，然後將傘骨插入一條長約兩米的竹竿上，用鋼絲紮緊，造成一枝魚叉，可以用來捕捉游在魚塘水面的魚和在田間蹦跳的田雞。有一天，四哥正想將尖利的傘骨插入竹竿內，我搶過來，用盡全力往竹竿插去，卻插歪了，尖利的鋼枝穿過我左手的尾指和無名指，兩隻手指黏在一起，好像烤羊肉串一樣。四哥被嚇得不知所措，我急得大聲喊叫：「二嫂！二嫂！」二嫂聞聲走過來，見狀嚇得面無血色，她不敢驚動我母親，用顫抖著的手幫我拔出傘骨。幸好，傘骨沒有倒鉤，否則，真的是大件事了！

一天，雨還在下個不停，我見四哥拿著自製的魚叉站在大門口。我跑過去，搶過魚叉，屁顛屁顛的跟在蹦蹦跳的田雞後面，剛巧有一隻田雞跳到我腳邊，我瞄準田雞，使盡蠻力，向著田雞插下去，田雞機靈的跳走了，我的腳卻沒有及時移動，尖利的魚叉刺穿了我的腳背，將腳釘在地上，入土三寸。我大聲向二嫂呼救：「二嫂二嫂！救……救……救我啊！」直到現在，我左腳的大拇趾和二趾之間還留有一寸疤痕。

今天，澳門天陰下雨，我拿著雨傘，漫步雨中，到附近的公園圖書館看報紙。圖書館門前有噴水池，雨水打在池上，引起一圈圈漣漪，我一時怔住，想起了七十年前家鄉碉樓門前的魚塘，可惜，聽不到蛙鳴蟲叫。魚塘已於大躍進年間被填平，改為稻田；前幾年返鄉，稻田又被改為種植觀賞樹的林場。村民説，現在已經沒人釣田雞了：自改用化肥後，在下雨天，也再見不到滿地蹦跳的大田雞、小田雞了。故鄉變得很陌生，早已是物非人非了。

五月六日

碉樓

開平是著名僑鄉。開平碉樓是名聞全國的世界文化遺產，大部份於上世紀二、三十年代仿西洋建築風格興建的。除住居外，還有防盜、防土匪的作用。大門和後門都是厚約兩三寸的大鐵門，窗口除安裝有粗約一寸的鐵枝外，還安裝有鐵窗門。起樓用的磚頭特別堅硬，樓牆用兩排磚，比一般的村屋要寬厚。天台的四角設有槍眼，可瞄準樓外遠處和樓下門口的土匪。我家碉樓具有上述的特徵，但樓高只有三層，比旅遊景區的碉樓矮，不過，我家碉樓已是村裡最高的建築物了。

一九四九年全國解放，中華人民共和國正式成立。遠在加拿大的祖父額手稱慶，期盼國泰民安，國家早日繁榮昌盛。他毫不猶疑的將畢生積蓄匯寄回國，讓父親蓋碉樓和辦實業（見〈祖父〉），並計劃將在加拿大的生意轉讓給人回鄉養老。但人算不如天算，碉樓甫完工，席捲全國的「土改」運動開始，父親也被劃分為地主，祖父落葉歸根的故鄉夢中途夭折，我們也被迫離鄉別井，移民海外。

碉樓開始動工時，我剛五歲。建築師傅都是村裡人。開平的建築工藝全國聞名，解放前已經有不少村民走南闖北找建築工程做。我喜歡熱鬧和好奇，喜歡看人起樓。二哥喜歡搞笑，見我看得入神，便叫我：「牛娣（我的乳名），唱支歌給我們聽聽。」我兒時有口吃的毛病，說話口齒不清，但我臉皮夠厚不怕羞。我只會唱一首歌。我站直身，模仿大人，肅立致敬。但是，我還是有點緊張，比平時口吃得更厲害：「起……起……來，不……不……願……做奴……奴隸……的……！」我第一句還未唱完，二哥和建築師傅已經笑得前仰後翻。

碉樓建成後，我家接連迎來兩件喜慶事，妹妹出生（也是唯一的妹妹）和兩個月後二哥二嫂的婚禮、婚宴。可能婚宴太過熱鬧，筵開百多席，引起了一些人的注意。

解放後的頭一兩年，新政府還未完全肅清地方上的土匪。有一天，太陽已下山，天開始黑起來，我突然聽見打鑼聲，有人大聲喊叫：「有賊呀！有土匪呀！」父親、二哥、四哥和二嫂連忙將前後鐵門關上、上鎖；將所有鐵窗門關上、上鎖。家裡所有男人隨即跑上天台，我也跟著跑上去。父親向外面望了一下，說：「有四個男人向碉樓跑過來，手上好似有槍！」父親朝我們壓了壓手，示意我們不要將頭露出牆外，我害怕得瑟縮在一個有槍眼的角落。鑼聲愈來愈密，好似有幾面銅鑼同時被打響。碉樓門口人聲嘈雜，有人大叫：「土匪逃走了！」父親後來告訴我：「土匪是衝著我們來的，可能是前幾天大排筵席惹的禍；見我們有準備，又驚動了村民，見形勢不妙，逃到村後的百足山去了。」半個月後，百足山的幾個土匪被捕和槍斃了。

離碉樓正門約五米有一個兩畝半大小的魚塘，碉樓後面有一小果園，約兩畝地，種有荔枝、龍眼、木瓜、楊桃、香蕉、黃皮和芭樂（番石榴）等嶺南果樹。

最令我難以忘記的是園裡那三棵芭樂樹。芭樂熟時，滿園飄香；熟透了的芭樂，白中透紅（粉紅），嬌艷可人，入口即溶，清甜無比。離開家鄉之後，再沒有吃過如此鮮甜美味的芭樂了。一九七二年的夏天，我同前妻返鄉旅遊，發現碉樓前的魚塘已經變為稻田，果園也不見了，變為雜草叢生的荒地。村民說，於大躍進年間，政府實行填塘造田，村裡幾個魚塘都被填平改為稻田；果園的果樹也被砍了當柴燒，支援土法煉鋼，連鐵窗也全被拆下來。不過，大鐵門太堅固、太重了，拆不開，所以逃過一劫。另外一個說法是：村委想保留碉樓，因為這畢竟是村裡最好、最新的房子，所以沒有拆除鐵門。文革期間，碉樓成為村裡「革命委員會」和紅衛兵的總部。

最近一次回鄉是六年前。碉樓前的稻田（原魚塘）和後面的原果園地又變為種植觀賞樹的林場了。

我兒時的玩伴已經先後移民美加各地，成為海外華僑了。諷刺的是，唯一還留在村裡的兒時小友，竟是當年扔磚頭打破我額頭的遠房堂兄弟（見〈父親〉）。

我當然不會記仇，事情已經過去這麼多年了。我到他家坐了一會兒，也沒有提起兒時往事。他大我一歲，但身體不好，好似有病在身，說不上幾句話就氣喘。

負責看守和住在碉樓的遠房堂嬸老人癡呆，八年前被她家裡人接回家住了。家鄉治安不寧，碉樓被人爆竊了好幾次。竊賊是鄰村的民工，聽人說碉樓的屋主是前地主，以為屋內還有值錢的東西。鐵門太堅固，賊人只好從窗口爬入。碉樓已被洗劫一空，滿地碎片和賊人留下的香煙頭。賊人連天台閣仔神龕的香灰爐都不放過，還好，先人的神位完好無損，賊人可能是迷信，不敢驚動神靈。開平老家十屋九空，村民不是移民海外就是往城裡跑。故鄉已經不再是我所熟悉的故鄉，碉樓也早已不是當年的碉樓，只留下滿滿的回憶，和淡淡的鄉愁。

也許，我懷舊，是因為我看不到故鄉的未來。

村裡的百年祖屋已破舊不堪，隨時有倒塌的危險；碉樓年久失修，下雨時亦四處漏水。住在村裡的一個堂兄弟（他終日酒醉，無所事事）勸我花點錢重修祖屋和碉樓。我淡然的說：「我百年後，我在澳門的子女不會回鄉，遠在美國的兒孫不會回鄉，遠在加拿大的侄兒侄孫也不會回鄉，花錢重修故居有甚麼意義？」

五月十二日

起名

為孩子起個好名字真的不容易。

我在農村出生。那年代，由於農村衛生環境差，醫療設備不足和落後，要養大一個小孩不容易。我母親生了八個男孩和一個女孩，我是老八，妹妹小我五歲。大哥和六哥出生後不久就夭折，三哥和五哥長至七歲夭折。七哥自幼體弱多病，差一點兒養不大。曾經有兩次，阿爹阿媽以為七哥不行了，壽衣和棺材都準備好了，但七哥還是奇蹟地活下來了。

三哥和五哥養大至七歲才夭折，對父母親的打擊最大。阿爹阿媽為三哥和五哥辦了「冥婚」，三嫂黃氏，五嫂關氏。舊時代習俗，男子成婚都會起個「字」，每個輩分都有特定的字。廣東這一支余氏家族，自曾在宋仁宗朝任官的余靖起計，至我這一代是第三十六世，屬「慶」字輩，父親「毓」字輩，祖父「和」字輩，曾祖父「中」字輩，「中和毓慶」都是吉祥字。阿爹為三哥和五哥辦完冥婚後，都為他們起了個字，三哥敘慶，五哥文慶。我家碉樓天台有個小閣子，設有神龕供奉先人，其中有三哥和五哥的牌位（俗稱神主牌）。

鄉下人怕男孩子養不大，都叫自己的兒子阿牛、阿狗，希望他們好像牛和狗一樣粗生粗養，不會夭折。我父親是個讀書人，中山中醫學院畢業，不迷信。阿爹沒有給他的頭六個兒子取乳名。但接連痛失兩個已經開始上學的兒子，對他的打擊實在太大了。他擔心養不大七哥和我，所以隨俗，也給我們起了個乳名——七哥叫牛妹，我叫牛娣。可見父親是多麼的歇斯底里了！牛在農村是圖騰一樣的存在，象徵強韌的生命力，但阿爹還是不放心，還刻意為七哥和我起了個女性化的乳名。在舊時代的農村，男孩要負責傳宗接代，所以，受到一家人的寵愛，太矜貴太嬌弱了，反而容易夭折。女孩就不值錢了，六、七歲就要幫手家務，尤其是窮人家的女兒，更不值錢，家裡甚麼粗活都要做，有如婢女。但是，因為農家女孩肯幹苦活粗活，因而生命力比男孩子強，存活率也比男孩子高。阿爹就是希望我和七哥可以像農家女孩一樣頑強地長大。

父親因三哥和五哥的離世而深感內咎，覺得自己身為中醫大夫，卻無法挽回自己兩個兒子的生命，覺得自己太無用。自此之後，阿爹打消了去城鎮掛牌懸壺行醫的念頭，只在村裡為村人免費看病。

我本不認同父親放棄掛牌行醫的決定，認為逝者已矣，應折哀順變。直至七年前我返鄉從事養殖業，認識了一個周姓村長，才理解父親的抉擇。村長還不到三十歲，本是內地某著名大學醫學院的畢業生，並且已經完成實習。當年，他父親患了肝癌，幾個月後去世。在極度傷心的情況下，他決定放棄行醫、不做醫生。周村長承包了一百多畝魚塘，做得不錯。我問他為何這樣決絕，他說：「我連自己的父親都醫不好，哪有臉去做醫生？」據聞，他自幼喪母，與父親相依為命。看來，只有親身經歷過，才能真正體會到喪子、喪父之痛。

到七哥和我開始上學唸書，父親才給我們正式取名（鄉下人叫「書名」，意思是唸書時用的名字），七哥叫向榮，我叫新振，直到現在我們還是用這個名字。那時候剛剛解放，局勢還未完全穩定下來，百廢待舉，父親希望國家早日恢復元氣，國泰民安，欣欣向榮，希望新政權能夠重新振興中華，因而為他最小的兩個兒子分別取名向榮和新振。

在農村上小學，我的名字沒有甚麼問題，因為家鄉話「振」和「展」同音。但一九五二年，移居廣州後問題就大了，我成為同學取笑的對象，因為粵語「振」和「震」同音，「新」和「身」同音，我的名字讀起來就是「余身震」了，幸好，我不是姓周，但也不能阻止同學給我起了個花名「周身震」。那年代，學校還是用廣東話授課。每次老師點（叫）名，同學就起哄，說：「周身震，叫你了！」

後來，我問父親，為甚麼不為我取名「振中」，「振」與「中」華，不是比「重新」振興中華更好更直接嗎？而且，「重新」意味國運坎坷，每次遭遇國難之後，又要「重新」來過，不斷折騰，情何以堪？父親凝視著我，知道我話中有話，點了點頭，甚麼話也沒說。

我沒有更改名字，因為手續太麻煩了。我做了一個折衷的辦法，將「新」字省去，名字變為「余振」，並要求我任職的大學在所有有關檔案和記錄上都採用「余振」。（我的名片上印的是「余振」，但身份證還是「余新振」。）但是，因為「余振」和「餘震」同音，從兒時就困擾著我的名字問題還是揮之不去。每逢日本、台灣、內地或世界其他地方發生大地震，之後餘震不斷，我又被同事取笑：「怎麼又是余振你！」

其實，因為新時代的降臨而感到亢奮，好像我父親一樣，為小孩起個符合新時代政治環境的名字，在我國有深遠的傳統。遠的不說，上世紀六十年代，我國迎來史無前例的文化大革命，為了表態政治正確，內地人民為自己孩子起的名字都有一個「軍」字或「紅」字或「國」字……有些急著要表態的父母，更直接給孩子取名「愛軍」、「紅軍」、「愛國」、「愛紅」、「向陽」、「文革」……等等，等等。我妻子於文革期間出生，她的名字就有一個「紅」字，大她三年的三姐的名字也有一個「紅」字。

九十年代初，有一次我回廣州參加學術研討會，認識了一位年輕學者，他的名字叫「吳緊跟」，我有點兒好奇，與他聊天，問他為甚麼起一個這麼特別的名字。他說：「我於文革期間出生，我父親是歸僑，他很擔心自己身份有問題，害怕被紅衛兵抄家，為了表態對黨對國家絕對忠誠，為我取名『緊跟』，意思是緊跟著黨的政策走。」

幸而，這個年輕朋友不是廣東人（他是福建人），如果是廣東人，他的名字就大有問題了，而且是嚴重的政治問題。因為廣東話「吳」的發音是「唔」，粵語「唔」是「不」的意思，「吳緊跟」用粵語說就是「唔緊跟」，就是明擺著「不」會緊跟著黨走。這還了得？在那個年代，廣州的紅衛兵會放過他的父母嗎？

中國同姓同名的人很多，以「王軍」為例，相信沒有幾十萬，也有好幾萬。原因？其一，王是中國最大姓，人口過億；其二，「軍」是指解放軍或紅軍，是政治正確的選擇；其三，「軍」字是中性，男女皆宜。如果將「李軍」、「張軍」、「劉軍」、「陳軍」、「趙軍」……等等，都計算在內，以「軍」字為名字的中國人可能有一百萬，甚至幾百萬，比歐洲一些國家的人口還要多。

北方人（除閩桂兩省外，廣東人叫所有外省人為北方人）喜歡用單名，廣東人比較少用；古人用單名的也不少，如曹操、劉備、關羽、趙雲，但古人還有一個字，曹操字孟德，劉備字玄德，關羽字雲長，趙雲字子龍，所以古人同名的概率不高。

有趣的是，近年內地有些地方復古，重修族譜和重建祠堂成為一時風尚。幾年前，我在江門新會區搞養殖業。有一天，到一個朋友家吃晚飯。村屋的大廳牆上掛有一張用紅木相架裱裝的橫幅，長約一米半，闊約半米。一行工整的正楷毛筆字：「周逸豪　字文軒」，十分醒目。

我問朋友：「這字是你自己取的嗎？」

「上星期我去村裡祠堂，是族中長輩為我取的，我是『文』字輩。」

「用得著嗎？」

「沒用，我只留作記念。不過，我已經將這張橫幅映相發到朋友圈，收到很多朋友的點讚。」

「還有其他人去祠堂取字嗎？」

「有，很多，因為要取個字才能寫入族譜，差不多所有已經結婚的周姓族人都去祠堂取個字，並且都發到朋友圈炫耀一番。」

我突發奇想：如果我國全面恢復古時的風俗，國人除正式名字外，還可以取個字，並加在身份證上，肯定會大幅度減低同名同姓的概率。

其實，不是每個國人都重視起名這件事兒。有些人很隨意，孩子在雨天出生的取名「雨生」，秋天生的取名「秋生」，春天生的取名「春生」，冬天生的取名「冬生」，北京生的取名「京生」，上海生的取名「滬生」，廣州生的取名「廣生」（或「穗生」），香港生的取名「港生」……等等，等等。如果中年或晚年得子，更會興奮莫名為自己的寶貝兒子取名「天賜」。我的朋友和學生中就有幾個「雨生」和幾個「天賜」。

為女兒取名時，對很多人來說，就更輕鬆容易了。梅蘭菊竹和各種著名花卉，任君選擇。梅花最受歡迎，世上有數不盡的「紅梅」、「冬梅」、「寒梅」和「雪梅」。不過，也有人不喜歡梅花，尤其是廣東人，因為粵語「梅」與「黴」（霉）同音。此外，珍、淑、萍、霞、花、鳳、蓮、燕、芳、娟、嬋、貞、紅、麗、嬌、珊……順手拈來，都是女兒家的名字。為女孩子取個花卉名字並無不妥，我們不是常說「名花」、「校花」、「隊花」嗎？但我更喜歡慧、敏、穎、雅、芝、君……等等較具氣質的名字。女子最重要的不是外表，是氣質。

另外一個復古潮流是請風水命相師為初生兒看八字取名。五行欠水的取名淼，欠金的取名鑫，欠火的取名焱，欠土的取名垚，欠木的取名森（我有個學生叫林森森，一共有八塊木頭）……等等。我覺得相信陰陽五行沒有甚麼不妥，玄學也是國學，風水算命是我國的非物質文化遺產，應受到尊重。而且，起名純粹是私人行為和個人的選擇，喜歡和接受命相師建議的名字，有何不妥？

甚麼是一個好名字？我覺得對小孩沒有產生負面影響，或者含有鼓勵小孩努力上進的意思的就是一個好名字。我覺得志成、志偉、志恆、志堅、志強、志高等等勵志的名字是可取的，人無志不立，孩子會終生受惠。有讀者可能認為上述名字太普通、太俗氣。太普通？我同意，但「軍」或「向陽」不是更普通嗎？太俗氣？我們都是凡人、俗人，名字俗一些有甚麼大不了？有必要因為政治原因而取悅於在位者嗎？你能夠擔保現在政治正確的名字在五十年之後還是政治正確嗎？「五十年不變」？政治神話而已。而且，小孩是無辜的，為甚麼要將小孩作為政治表態的棋子？萬一站錯邊呢？如何對得起孩子？

起名有三忌：一是忌取生僻字；二是忌為男子取女性化的名字，或為女子取男性化的名字；三是忌取與不雅諧音相近的名字。取名生僻，老師都不知道正確發音，讀錯了，全班同學哄堂大笑，會令孩子感到尷尬和不安。而且，同學也不容易記起一個自己都看不懂的生僻名字，不利於孩子長大後建立自己的人脈關係。為女子取男性化的名字，或為男子取女性化的名字，則容易成為笑柄。至於不取與不雅諧音相同的名字，更是普通常識了。以我所熟悉的廣東話為例，為姓徐姓吳姓范和姓畢的孩子起名，父母就要特別小心了。切記不要為孩子取名徐富（除褲）、吳富貴（唔富貴）、范仁（犯人）、畢成功（不成功），否則，孩子會被人取笑，長大後也會被人取笑，一生都抬不起頭！

近年內地潮流興取個英文名字，尤其是女孩子。我將認識的和聽聞的女孩子的英文名字記下來：**Coco, Yoyo, Baby, Candy, Sugar, Sweet, Honey, Darling ,Aloha**……十分奇葩，令我不禁莞爾。在內地，英文名字都是年輕人自己起的，所以很有個性。真的是青春無畏，年輕就是敢想敢做，不矯情，率真，可愛。

為孩子起名是大事，不是小事，名字可能會影響孩子的一生，或成為孩子終身的夢魘，好像我的名字。起名，宜思而慎之。

四月八日

少年

很多父母都為他（她）們叛逆的少年（十歲到十五歲）孩子煩惱。少年是一個尷尬的年齡階段：似懂非懂，一知半解，不大不小，但又很想表現出自己已經長大了，可以做成年人做的事情了，可以做自己想做的事情了，可以不聽父母的勸喻了（如沉迷電腦或手機遊戲），個別少年為了吸引成年人或同齡人的注意，更將頭髮剪到奇形怪狀、染得五顏六色，或穿著奇裝異服，或吸煙……。然而，在成年人尤其是父母眼中，他（她）們還是小孩——處於「叛逆少年」時期的小孩。

可是，在我的少年時期，在那物質匱乏的年代，我們沒有「叛逆」的條件和動力。我們從來沒有想過，也不敢，不聽父母的話。由於資訊科技相對落後，我們對外面的世界所知不多，懵懵懂懂的，或許，「懵懂少年」更能貼切的形容我們那年代的少年。

先從我十歲說起吧。

五十年代初的廣州市，街頭有不少擺賣舊書的地攤，其中有供兒童租看的「連環圖」故事書，也叫「公仔書」，不外乎是《封神榜》、《隋唐演義》、《西遊記》、《三國演義》、《水滸傳》等等民間傳奇和小說，人物栩栩如生，故事精簡有趣，對在唸三、四年級的小朋友很有吸引力。那兩年，我一下課就跑去賣舊書的地攤，坐在地上或板凳上，追著看「連環圖」，直至晚飯時間才回家。我每月的零用錢都花在「連環圖」故事書上。

《水滸傳》是我的最愛，我尤其喜愛「花和尚」魯智深。不知道是甚麼原因，我最喜歡的不是他「倒拔垂揚柳」的英雄氣概，令我印象最深刻的是「小霸王醉入銷金帳，花和尚大鬧桃花村」那一章回，但也不是魯智深假冒新娘，一頓拳腳，將「小霸王」周通打得一身傷損那一章節，而是後來他跟李忠和周通上了桃花山，見他們兩個都不是慷慨之人，作事慳吝，趁他們下山打劫過路商人，拿了酒桌上的金銀酒器，踏扁了拴在包裡，不辭而別。那一章節我看得很過癮，被魯智深那敢作敢為、不拘小節的豪俠之氣深深的吸引住，覺得他是真男子、大丈夫、響噹噹的英雄好漢。昨天去圖書館借了一本《水滸傳》，是香港中華書局於一九九五年出版的七十一回本，我翻至第五回第七十二頁：——魯智深尋思道：「這兩個人好生慳吝！見放著有許多金銀，卻不送與俺；直等要去打劫得別人的，送與洒家！這個不是把官路當人情，只苦別人？洒家且教這廝喫一驚！」

施耐庵不愧是小說大家，這一「尋思」將魯智深的個性刻劃得淋漓盡致，活靈活現。我第一次在「連環圖」上認識魯智深已經是六十九年前的事了，其後，雖然看了不少中外名著小說，而自己也年事漸長，對世情的看法亦發生了不少變化，但是，我的偶像不變，至今依然是梁山泊好漢「花和尚」魯智深！

到唸五年級，我已經能夠閱讀沒有「圖像」的、足本《水滸傳》了，我不再上街頭地攤看「連環圖」了。父親有一本七十一回本的《水滸傳》，我仔細的一口氣將全書看完，看到最後一回「梁山泊英雄排座次」，我將一百零八條好漢的名字、花名和星宿全背熟了，如：「天孤星花和尚魯智深」、「天傷星行者武松」、「天雄星豹子頭林沖」、「天殺星黑旋風李逵」、「地賊星鼓上蚤時遷」……等等，等等。六十多年過去了，一百零八條好漢所屬的星宿記不起了，不過，他們的花名和名字大致上還是記得起的。

我將 108 這個號碼作為自己的幸運號碼。每天早上我做 108 個掌上壓，做其他體操動作也是數到 108 而止；買股票也喜歡買 108xx 或 xx108 的股票號碼；我看好一隻股票，重倉持有，持有 108 萬股……

少年時看《水滸傳》和《三國演義》，很羨慕英雄豪傑結拜為義兄義弟，讀三國最喜歡看劉備、關羽和張飛桃園結義。到唸五年級那年，我模仿梁山好漢和劉、關、張，同班裡三個意氣相投的同學稱兄道弟，我年紀最小，排第四，他們稱呼我為「四弟」。一九五五年底我移居香港，也拉扯一班平時在一起玩耍的同學稱兄道弟，我年紀最大，但不是「大哥」，因為我仍然認內地三位義兄為長兄，他們仍然是大哥、二哥、三哥，而我是「四哥」，比我年輕的有五人，最小的是「九弟」。大哥和二哥已先後在內地去世，三哥姓麥，也移居香港，是香港九十年代著名影藝人，但已息影多時，很久沒有聯繫他了。五弟也於三年前去世，現在還經常保持聯絡的只有六弟和七弟，他們都僑居美國。七年前我返江門開酒樓和從事養殖業，我不喜歡員工叫我「老闆」，我喜歡他們叫我「四叔」。

或許是受了魯智深的爽快豪放和不拘小節的性格的影響，我愛交朋友，人緣不錯，唸小學時，在班裡被同學推選為班長。中學唸的是一間男校，也被同學推選為班長。但是，我這個班長不是被同學選出來維持課室秩序的，而是專門負責在課室門口「把風」；看到老師向著課室走過來，我會馬上伸手朝同學示意保持肅靜。有一次，那年是初中二年級，我因為忙於其他事情而忘記了在課室門口「把風」，教國文課的「孔夫子」（花名，記不起他的真名字了）突然出現在課室內，見粉筆粉刷亂飛，喧嘩嘈吵亂成一片，他勃然大怒，大罵全班同學（大意）：

「你們全班人都是垃圾！快十五歲了，還是只知道嘻戲吵鬧，不知道用心讀書。孔子說：吾十五而志於學，我『睇死』（粵語睇死是看扁的意思）你們將來會一事無成，更沒有一個會成為博士或教授！」好一句「我睇死你們」的當頭棒喝，我整個人醒了。暗中發誓，決不能被人家「睇死」，我將來一定要拿到博士學位和成為教授！

自此，我不再是那個「懵懂少年」了。

九月五日

後記：值得一記的是，據我所知，那年的初二甲班，至少出了兩個博士。有一個岑同學，拿了個電腦（計算機）科學博士，八十年代在美國加州矽谷成立一間公司，並在紐約交易所上市，市值達十億美元。可惜他英年早逝。另外，有一位馬同學，官至香港教育局副局長；陳同學成為香港上市的一間公司的行政總裁；張同學白手興家，是香港著名商人；朱同學是香港大律師，後來移民加拿大，成為溫哥華著名僑領；梁同學隻手創辦了兩份非常成功的商業期刊……等等，端的是人材濟濟。他們是不是同我一樣，被「孔夫子」罵醒，則無從考證。

九月八日

離婚

今早，前世界首富蓋茨夫婦（Bill and Melinda Gates）在社交媒體發佈離婚聲明：「對我們的關係想了很多、做了很多之後，我們決定結束我們的婚姻……我們不再認為我們人生的下一階段能以夫妻身份共同成長。」蓋茨夫婦以「不能再共同成長」為理由而離婚確實很牛、很特別，但社會名人或演藝人士的分分合合，有公開的原因，也有不公開的原因，真真假假，不必深究。

我和前妻思麗於一九九五年十月辦完離婚手續。但早於一九八六年八月我回港發展的時候，我已經萌生了與前妻離婚的念頭。夫妻之間的矛盾，有遠因也有近因。三、四十年代的姚家是澳門大家族，姚伯泉（思麗的爺爺）是高可寧的合夥人，姚公館就在高可寧故居旁。然而，到六十年代初，姚家的家業已被兩個不肖二世祖（思麗的二伯吸毒、三伯爛賭）敗清光，但思麗的父親仍然覺得他們是大戶人家，而我只來自小康之家，不門當戶對，不大願意讓女兒嫁給我，他也沒有來加拿大參加我們的婚禮。婚後，外父還埋怨我在大學教書的收入微薄，令她女兒受苦。外父對我的態度令我很不開心，感到壓力大，對我和思麗的婚姻做成陰影。

我們的婚姻最終經不起考驗，結婚十五年後亮起紅燈。一九八六年，我在香港嶺南學院（後升格為嶺南大學）任系主任的學姐叫我回港任教。之前，我在美、加、日幾所大學的教職都是短期性質，不穩定，所以，我不想放棄這次回港發展的機會。那年，我們已經在美國加州Sunnyvale安頓下來。思麗在當地的公共圖書館任管理員，是政府工，收入和福利都不錯，工作穩定。思麗很喜歡這份工，不想跟隨我回港發展。而且，她覺得美國的教育制度比香港好，想三個孩子留在美國唸書。他的哥哥和兩個弟弟都住在加州，她的父母親也於兩年前移民美國，思麗想同家人在一起。我費盡唇舌，想説服她同我一起返香港，我説：「我和妳都是在港澳唸中小學，我們都是在港澳成長的，我覺得香港的學校不比美國差。最重要的是，我覺得一家人應該在一起，不應該分開，分開了就不是一家人了。」我沒有說服思麗，我一個人獨自回港。回港後，我耐不住寂寞，先後有了兩段感情，第二個女朋友就是我現在的妻子。

一九九五年我主動提出離婚。我自知理虧，所以，主動將加州的房子讓給思麗，並且應允在未來十年將我收入的一半（同離婚前一樣）作為贍養費。思麗是一個善良的女子，知道我已經變心，婚姻已經無法挽回，她默然接受。但之後她不再相信婚姻。兩年後，她有了男朋友，但並沒有再婚。她本是一個虔誠的天主教徒，每個星期日都帶孩子去教堂做彌撒，離婚後，她不再去教堂。我們在教堂成婚，曾莊嚴承諾一生照顧和愛護對方，但是，我違背諾言，令她徹底失望，她也不再相信上帝對祂的子民的承諾。

離婚後不久，有一天，我收到思麗寄來的郵包，用木匣裝好和用幾層防水紙包好——我博士論文的手寫原稿和打字原稿，已經發黃。內裡有她手寫的幾行字：

「Herbert，這是你的博士論文手稿和打字原稿，我找人釘裝好，寄給你收藏，我知道你會珍惜。Joyce，11-11-95。」我不會打字。我唸大學和研究院時手寫的paper和論文都是思麗打的，寄給國際學術期刊的論文也是思麗打的。我將博士論文手稿和打字稿放在書架。但是，我只從書架上拿下來看過一次，那是思麗去世的那一天。我翻了幾頁打字原稿，睹物思人，我的心情很沉重，無法再看下去。

我不知道怎樣面對我的孩子。離婚那年，大女兒天慧已經二十歲，她的反應最大。她寄給我一封長達四頁紙的信，歷數我的不是，說我不應該拋棄妻兒，說我從來沒有負起照顧和教育兒女的責任。她說（原文是英文）：「媽咪沒有做過任何對不起你的事，為甚麼要同媽咪離婚？媽咪是世上最好的母親，我以媽咪為傲。她全心全意照顧我們，對我們有無限的耐心，從來不責罵我們半句。這樣好的妻子，你去哪裡找？你讓媽咪很傷心，更令我很失望。我不會原諒你，永遠不會原諒你！」我回了大女兒一封長信，我並沒有反駁她對我的指責，也沒有為自己辯護。我只強調我會負責他們三姐弟的教育費和生活費，直至他們出來工作、經濟獨立。並強調我對他們的愛沒有改變，會一如往昔地疼愛他們。我知道不管我說甚麼都是蒼白無力，無法改變我在孩子心中的負面形象，我只希望大女兒能夠原諒我對她母親和對她做成的傷害。她仍然無法釋懷，餘怒未消，對我不瞅不睬，直至三、四年後，在二女兒天敏的力勸下，才願意再接受我。

大兒子天聰性格內向，很黏人，特別喜歡黏我。他上托兒所時，每天都是我接他回家，他一見到我就屁顛屁顛的跑著向我撲過來，要我抱抱。我不只一次故意讓他將我撲倒在地上，逗得他呵呵笑。我同他母親離婚時，他才十三歲，剛唸中學。離婚對他的打擊最大，好好的家庭因我而破碎，他接受不了，一直耿耿於懷，至今仍然不理睬我。我們上次見面是七年前在她母親的葬禮上，之後，我給他發了無數次電郵，他都沒有回覆，我只能通過二女兒得知他的近況。

十年前，我有一個朋友因癌病去世。他走前的幾天，每次見我進入病房探望他，他都很興奮地說：「浩南，你回來見爹哋呀？」在他身邊的妻子說：「這是Herbert，不是浩南。」他頓時目光呆滯，難掩失望之情。浩南是他前妻生的兒子。朋友與前妻離婚那年，浩南還小，他無法接受，無法原諒他的父親，長大後，對乃父不理不睬，並移民澳洲，直至我朋友離世，都沒有回來見他父親最後一面（他的親姐姐很早就通知他我朋友病危）。天聰不會是「浩南」吧？！

唯一原諒我的是我最疼愛的二女兒。我最感安慰的是，二女兒並沒有因為我同她母親的離異而影響她對婚姻的看法。十五年前，她與相戀十年的男朋友（中學同學）結婚，並育有兩個孩子，一女一男，女兒今年九歲，兒子六歲。女婿是西班牙裔美國人，對天敏很好、很體貼，一家四口，幸福滿滿的。

大女兒今年四十六歲，大兒子三十九歲，都還未結婚。他們是不是因曾經歷破碎家庭而對婚姻失去信心？我不知道，也不敢問，因為我怕知道真相。

或許，蓋茨夫婦曾想過挽救他們的婚姻，因而「想了很多，做了很多」。我卻甚麼都沒有做，完全不懂得珍惜，並親手埋葬了我的第一次婚姻。我嚴重傷害了我曾經深愛過的女人。離婚後，思麗身心俱疲，被一個沒有穩定收入的男人乘虛而入，並慫恿她炒賣房地產。二〇〇八年的一場金融風暴令她破產、一無所有，隨後中風入院，五年後逝世。思麗的早逝，雖然直接與我無關，但，在她人生最落寞無助的時候，我卻不在她身邊。直至今天，我還是不能原諒自己。我永遠都不會原諒自己。

五月四日

妻子

醫生：「又睡不著了？為甚麼？」

我：「係呀！近日每晚只睡了兩個多鐘頭，半夜醒來，思前想後，記掛著兒女，就再睡不著了。」

每隔三個月左右，我會去看一次醫生拿安眠藥。我沒有失眠，我只想為妻子拿幾粒安眠藥而已。妻子每次上床都要吃一粒安眠藥才能入睡。如即晚要上夜班，上班前她會先睡五、六個小時，又要吃一粒安眠藥。每星期總要上一次夜班，而妻子的醫生每三個月只按一天吃一粒安眠藥的份量開給她，所以，還未到三個月，藥已經吃完了，這個缺口就由我補上。

一九九〇年五月，由我主持的入戶民意調查已經基本完成。我想多瞭解一下新移民的狀況，經朋友介紹，五月一日上午，我來到筷子基一幢樓房。按鈴後，開門給我的是一個年輕漂亮女子，臉蛋兒白裡透紅、吹彈可破；她靦腆的笑了一笑，我愣住了，被她清純甜美的笑容迷住了。屋裡沒有其他人。本來預計半個小時就可以完成的訪談被我故意拖延至一個小時，我問了很多有關她的家庭、學業、工作和其他私人問題，都是與研究課題無直接關係的。這是我與妻子的第一次見面，那年她二十四歲。一個星期後，我藉口有一些問題忘記了問，要補充一下，又跑到筷子基去了。三個月後，我們確定了男女朋友的關係。

她在農村出生，江蘇海門人，父母是老實巴交的農村人，對女兒同我交往沒有甚麼意見。但她的大舅父和契（乾）媽，覺得我比她大二十年，又是已婚（我到一九九五年才與前妻離婚），所以，極力反對我們的戀情。她的大舅父年輕時就去了香港，她的契媽也是香港人，在鄉下人眼中，是見過世面的人，對她的父母還是有一定影響的。可能受到家裡人的壓力，她本人也曾猶豫不決，並寫信給我，叫我給她多一點兒時間考慮。但是，最後，這個善良心軟的女孩子，還是抵擋不住我強烈的追求攻勢，淪陷了，幸福滿滿的對著我點點頭。

一九九五年秋，我同前妻辦理好離婚手續後，就同她一起返海門領證。十二月在她鄉下擺婚宴，筵開八十多席，基本上農村裡認識的人都來了，遠近親戚也來了，對我這個外來女婿很好奇，對我評頭品足。岳父岳母看來對我這個女婿還是挺滿意的。

妻子長得比她的真實年齡要年輕。我們結婚那年，她已經三十歲，但看起來還是「只如初見」——二十三、四歲的樣子，是女子最美麗高光的時刻。有一次，妻子跟我一起回浸會大學，系裡有一個教授還以為她是唸大一的新生呢！我指導的博士生叫她「師母」，有些博士生的年齡比她還要大，令妻子有些臉紅不好意思。九六年夏，妻子已懷上我們第一個孩子。每年七月初，我都要帶浸會大學「中國研究課程」大三年級的學生去北京清華大學上暑期班，為期六週。那年夏天，我同妻子一起去。很多清華老師都很羨慕我有這樣一個年輕漂亮的嬌妻；知道她懷了孕，更投以關愛的眼光。妻子在內地唸小學中學，説得一口標準漂亮的普通話，很受清華和浸會師生歡迎。

九六年兒子出生，兩年半後小女兒出生。九四年妻子在鏡湖護校畢業，在鏡湖醫院工作兩年後，轉去山頂醫院，澳門唯一的公立醫院。兩個小孩都是在山頂醫院出生。澳門回歸祖國，舉國（包括澳門）歡騰。妻子的工作壓力卻愈來愈大。回歸之前，在澳葡時期，公立醫院的醫務人員工作清閒，對病人愛理不理，出了醫療事故，病人不敢投訴，投訴也無效，因為醫院領導和大多數醫生都是葡國人，澳葡政府護短、維護自己人。回歸後澳門變天，澳門市民成為「澳人治澳」的主角，對醫療服務要求高，自己可以或本該自己做的事（如抱嬰兒）都不做，甚麼都交給前線醫務人員做。出了醫療事故更不得了，病人家屬一定要追究到底，咬住前線醫務人員不放。妻子有兩個同事因醫療事故被迫黯然離職。特區政府也護短，然而，與澳葡時期相反，不是維護自己的員工，而是維護病人，更再三囑咐員工對病人要有無限的耐心，有求必應，不管有理無理，病人永遠是對的。因為，時代不同了，現在是「澳人治澳」時期，澳門人自己當家作主，得罪不起。前線工作人員成為三文治，被夾在病人和醫院管理層的中間。年輕漂亮、心地善良的白衣天使個個變成豬八戒，拿起鏡子一照，裡外都不是人。

二〇一一年，我從理工學院退休（從浸會大學退休後，我在理工任職五年），妻子成為家裡的經濟支柱，她的擔子愈來愈重，工作壓力更愈來愈大。前線醫療人員嚴重短缺，但不知道是甚麼原因（澳門特區政府不缺錢），山頂醫院管理層並沒有增聘人手。生意火爆的酒樓餐廳，前線服務員有時候都會忙得手忙腳亂、透不過氣來，但那也只限於餐期客人高峰期；客人來也匆匆，去也匆匆，餐期過後，又是一片寧靜，服務員清閒得無事找事做。山頂醫院的前線醫務人員就沒有這麼幸運了。一日三班，一班八個小時，由上班忙到下班，沒有最忙的「高峰期」，因為每分鐘都是「高峰期」，沒有一刻可以停下來，連喝一杯水或上廁所的時間都沒有。妻子每天下班回家，全身腰骨酸痛，動一動就痛。

妻子頂不住工作壓力，開始失眠。孩子日漸長大，進入少年反叛期，開始不聽父母教，兒子更沉迷於電腦遊戲，無心向學，妻子被氣得半死。同期間，妻子進入更年期，情緒波動大，家裡再不寧靜了。在多重壓力之下，妻子睡前要吃一粒安眠藥才能入睡。

在妻子最需要我的時候，我卻不在她的身邊。二〇一四年，我返內地發展，在江門新會開酒樓和養雞養鵝養羊，大部份時間不在澳門。妻子一人身兼兩職——全職家庭主婦和全職工作，還要管教兩個處於叛逆期的孩子。

二〇一九年，新冠肺炎疫情爆發，我再沒有返回內地，留在家裡做全職「家庭煮夫」（見〈煮夫〉）。我發覺妻子老了，容顏憔悴，比她實際的年齡還要老，我很心痛。都是我的錯，我對不起妻子，對不起孩子，他（她）們在最需要我的時候我卻不在澳門。我在遠離澳門百多公里的新會雞場養雞、拾初生蛋，在羊場放羊吃草；我有時間陪伴家禽牲畜，卻抽不出時間回家陪伴家人。我無法想像我在內地那幾年妻子是如何過的。想起就心痛，我真的不是人，我無法原諒自己。

我徹底醒悟了。

我只能在餘生，以僅存的精力，全心全意的照顧和愛護我的妻子和我們的孩子。

我沒有忘記，二十六年前我和新婚妻子領證的那一天，我深情的執著她的手，說：「執子之手與子偕老。」我知道我的「醒悟」有點兒遲，但是，遲總好過沒有，正如西諺所說：**It's better late than never!**

六月二日

二女兒

二女兒天敏於七七年五月八日母親節生。大女兒天慧大她兩歲。兩人性格迴異，大女兒比較外向好動，天敏比較內向文靜。前妻對她的三個小孩（大兒子天聰小天敏五歲）很有耐性，從不打罵孩子。最難得的是她不偏心，對三個孩子一視同仁，愛護有加。但我做不到。我雖然很疼愛三個小孩，但我更寵天敏，明眼人都看得出，天慧也知道，她有甚麼事想求我，不會直接找我，而是找天敏求我。為了安撫大女兒，我常常對她說：「妳是我最好的生日禮物。」因為她是我生日那天出生。

天敏嬰孩時很黏人，喜歡叫我抱，要我抱著她才肯睡覺。天慧剛相反，不喜歡別人抱，學會走路更不讓人抱。有一次我叫天慧親我一下，她好像小雞啄米一

樣，點到即止。天敏就完全不一樣，濕潤的嘴唇緊緊黏在我臉上，足足停留了三、四秒，親完我後我的半邊臉都濕了。每天上班，天敏都哭喊著不讓我走。

有一次，我同天敏開玩笑。

「天敏，妳知道爹哋為甚麼特別疼妳？」

「不知道。」

「因為家姐是媽咪生的，妳是爹哋生的，所以，我就特別寵妳咯！」

很多年後，這個傻丫頭告訴我，她一直相信我，以為她真的是我生的，直至小學五年級上生物課才知道被我騙了十年！

天敏很純真很善良。有一天，天敏那年還不到兩歲，她同鄰居的一個同齡女孩子玩，她很想要那女孩子手上拿著的洋娃娃。但那女孩不給她，天敏快要哭出來了。天慧見狀，一言不發，隨手拿起地毯上一個玩具交給女孩子，然後拿走她手上的洋娃娃交給天敏，天敏開心得不得了。我笑了一笑，我這個大女兒真的很有意思，難怪她不到三十歲就已經成為一間大公司的一個部門主管。

有時候，天敏還是頗刁蠻的。有一天，我們一家人外出郊遊，在一條小溪拍照，我坐在一塊大石上，天慧已經坐在我前面，天敏推開家姐並佔了她的位置，說：「這是我的爹哋（This is my daddy）。」天慧只看了妹妹一眼，沒有抗議。

有一天，天敏使用洗手間，突然大聲尖叫：「媽咪媽咪，快些來啊（Mummy, come）！」她母親正在廚房忙著。我趕到洗手間門口，敲門問：「甚麼事呀？我可以進來嗎？」天敏：「爹哋，不要入來啊（No, daddy don’t come in）！」我愕了一陣，不知道發生了甚麼事。妻子已經走過來，望了我一眼，眼神有點兒古怪。天敏開門讓她母親入去，馬上又把門關上。事後妻子告訴我，天敏的第一次經期來了。

女兒長大了。二〇〇一年九月十一日發生了震驚世界的九一一事件，那天上午，紐約市的世貿中心雙塔受到恐怖襲擊，轟然崩塌。天敏正在紐約哥倫比亞大學唸教育學碩士課程。我第一時間聯繫天敏，她告訴我，世貿中心倒塌的時候，她正在乘地鐵返學校的途中。大女兒本在世貿中心公司的總部上班，事發前半個月被調去英國倫敦分部，幸好逃過一劫！

天慧天敏兩姊妹的感情很好。每個聖誕節天慧都從倫敦飛去美國加州與天敏一起過節。

天敏已婚，夫婿是西班牙裔美國人，有兩個小孩，一女一男，混血兒長得特別漂亮可愛。遺憾的是，美國太遠，想見女兒和外孫一面不容易。雖然可以微信視頻，但總比不上面對面親切。我只見過九歲大的外孫女兒，還未見過已經六歲的男外孫。

已經有幾個月沒有收到天敏的資訊了，而美國的新冠肺炎疫情反反覆覆，還未受控，我有點兒擔心。前幾天，我發電郵給天敏（她很少用微信），可是，過了兩天，還是未收到她的回覆，我心裡焦慮，馬上發微信給在英國唸書的小女兒天穎，叫她聯繫她二姐；天穎發電郵給天慧，她跟她大姐親些。昨天，收到天敏的電郵：「爹，對不起，這兩天我沒有看電郵。加州的疫情已基本受控，你不用擔心。我和我家人都很好，我們已習慣在疫情下過活了。」我的心才放下來。

七月十九日

孻女

三十多年前，有一天中午，我約了朋友去南灣翠園酒家飲茶（吃點心），碰見一個我認識的女學生，很小心的攙扶著一個七十多歲的老翁。她朝我打招呼。我說：「陪爺爺飲茶呀？」她說：「嗯，他不是我爺爺，是我爹哋。」我愣了一下，望著這個有點老態的老翁，心裡想：這老頭真幸福，有這樣一個年輕孝順的女兒。

我五十五歲那一年，小女兒天穎出生了。雖然是妻子的第二胎，但生天穎比生她哥哥辛苦多了，足足折騰了妻子十多個鐘頭。我在產房外面等候，坐立不安，心急如焚。天穎是一個健康足磅的BB，甫離開母體就哭個不停，聲音還大得很。

我不喜歡孭（背負）天穎，因為看不見她，怕她看到甚麼可怕或不應看的東西，受到驚嚇。我喜歡將天穎緊貼在胸前，因為看得見她，更感覺到她的心跳和呼吸，心裡感到踏實放心。天穎睜大一雙水汪汪的眼睛望著我，眨了幾下，好似若有所思，好似感到有安全感，很快又睡著了，睡得很甜。她會突然醒來，大聲哭喊，我知道她剛尿了，連忙將她解下來換尿布。

我喜歡抱天穎，我喜歡近距離凝視她嬌嫩彈得破的臉蛋，我想仔細看清楚她是像她媽還是像我；我有深度老花眼，看著看著我的鼻子快要碰到她的臉了。自從有了天穎，我的老花眼好像愈來愈嚴重了；半年後，我換了一副眼鏡。

我離不開天穎。在沒有課上的一天，我會同她一起乘坐噴射船去香港。每次回到浸會大學的辦公室，她已經熟睡了。我將兩張有靠背的椅打對角放在一起，中間空位剛好成為天穎的睡床，而且因為有椅背圍住，很安全，不怕她翻身滾落地。天穎睡醒不愁沒人陪她玩，我的秘書和系秘書一有空就過來逗她玩，給她糖吃。我的同事和我的幾個博士生都挺喜歡天穎。她是系裡的開心果。

在浸會大學任教期間，我每年暑假都帶一班唸「中國研究課程（China Studies）」的同學去北京清華大學學習。有一個暑假，我帶了天穎一起去，那年她還未滿三歲。不用說，天穎又成了同學和清華大學老師的開心果。清華老師都以羨慕和好奇的眼光看這個從香港來的天真活潑到處亂跑的小姑娘。當他們知道我有五個小孩，眼睛就睜得更大，似乎覺得不可思議；那年代，內地還是嚴格執行一胎政策呢。有一天，我正忙著，一瞬間，發現身邊的女兒不見了，不知道跑到哪裡去了。我正在焦急，有個同學指著大門說：「我剛見她跟著同學出去。」我衝出門口，見前面百多米，天穎正屁顛屁顛的朝著荷花池的方向跑，我怕她跌落水池，以跑一百米的速度衝過去，將她抱起來，緊緊的抱在懷裡，長長的舒了一口氣。

妻子知道我寵天穎，所以對她特別嚴厲。小姑娘喜歡配有花穗兒或小動物的鉛筆，價錢比一般鉛筆貴好多倍，妻子死不答應買。我見女兒哭得很傷心、很可憐，不忍心，偷偷的給她買了。回到家裡，捱了妻子一頓罵。不過，見女兒拿著鉛筆樂呵呵的樣子，覺得還是物有所值的。

人人都說我偏心，過份寵溺小女兒。我沒有否認我寵愛天穎。我有五個孩子，五個手指頭有長有短啊！不過，我並沒有寵溺我的寶貝女兒。「寵溺」和「寵愛」雖然只是一字之差，可分別就大了！我寵愛天穎，但她並沒有學壞，也不算刁蠻，人緣很好，唸小學中學大學都有知心閨蜜，都是益友。我的小兒子，天行，知道我偏心妹妹，不但沒有妒忌她，而是更疼愛妹妹。其實，在我內心深處，五個孩子都是我的心肝寶貝，只不過天穎是孻女，所以特別寵愛她而已。

天穎在英國倫敦唸大學，每年暑假都回澳門。我每年都非常期待她回家渡假。一想起女兒輕輕的扶著我的胳膊漫步街頭、上酒樓飲茶的情景，我就開心得從心底裡笑出來。我的腦海裡浮起了三十多年前翠園酒家的一幕，現在有了天穎，不用再羨慕人家了。

天穎有睡懶覺的習慣，暑假回來，直至中午過後，還不願意起床。我煮好午飯，靜靜的（赤著腳）進入她的房間，她還熟睡未醒；我望著她可愛的臉蛋出神，很想掐她一下，又不忍心弄醒她，我慢慢的移動腳步，離開她的房間，輕輕的關上房門。

隨著年事漸高，半夜我都會醒一兩次，上完廁所後，有時睡不著，想起五個孩子，想起天穎，感到很幸福，很快，我又進入夢鄉了。

粵諺「孻女拉心肝」，誠不我欺。

年輕時看美國電影《飄》（港譯《亂世佳人》），男主角因為女兒墮馬身亡，傷心不已，整整四天不眠不食，守在女兒身邊，不讓女兒下葬。當時我完全不理解，覺得太誇張了，簡直不可思議，不真實。後來查看原著，也覺得 Margaret Mitchell 筆下的 Rhett，寫得有點矯情。有了天穎之後，我完全體會 Rhett 當時的心情，換上我，我都會這樣做。那是真情、親情，不是矯情。

五月二日

父子

下面是我發給小兒子天行的三條微信。

二〇二一年三月三十日凌晨：天行，據我觀察，你近來食慾不振，好像心事重重。是不是讀書壓力大？千萬不要給自己太大壓力哦，一切要順其自然，按著自己的節奏做。碩士論文的要求不高，只要你選一個你論文導師認可的題目，按照論文導師的意見寫就可以了。正常情況，教授不會為難碩士研究生的。爹哋知道你人緣好，相信你的導師不會為難你。當然，能否完成論文順利畢業，還是要講實力，要靠自己努力。你放心回台灣，爭取暑假前完成論文，拿到碩士學位。爹哋對你有信心。

拿到碩士學位後，回到澳門，那時候疫情應該過去，找工作不會太難的。退一步來說，萬一，我說萬一，你拿不到碩士學位，也無所謂，你已經有學士學位。在澳門，培正中學畢業加台大學位，找一份好的工作應該沒有甚麼大問題。再退一步來說，萬一你找不到合適的工作，也無所謂，你可以「騎牛搵（尋）馬」，不放棄，遲早都會找到合適的工作的。

不管你選擇甚麼樣的人生道路，爹哋都會全力支持你。

我同你媽咪商量好，你結婚後，寰宇天下的房子會無償的轉讓給你。我們會在附近買個一房兩廳的單位，同妹妹天穎一起住。

你同 Shirley（按：假名字）談戀愛，有突破進展嗎？談婚論嫁了嗎？Shirley 是個好女子，你要好好珍惜哦。我是局外人，對你的感情生活完全沒有意見。你亦不要太在意，一切隨緣吧。萬一戀情有甚麼變化，更不要沮喪，天涯何處無芳草，好的女子多著呢！

你還年青，將來還有很多路要走；昂起頭來，以無比的正能量和信心面對人生。爹哋有生之年，會全力支持你、照顧你、愛護你。」

兒子回覆：「知道了。」

（六月初，天行通過碩士論文答辯，但須修改。他於六月八日回到澳門。）

二〇二一年八月一日：天行，你媽咪說，你現在只想追到Shirley，對其他事情都不關心。其實，愛情與學業或事業並不衝突，相反，是相輔相成的。試想想，有哪一個女子願意嫁給一個學業半途而廢和沒有穩定收入的男子呢？她怎麼會有安全感？天行，漫長的人生是階段性的，要一步一個腳印、踏踏實實的走下去。你現在最急須要做的事情是完成碩士論文，完成學業。然後開始人生的一個全新階段，全力找工作，兩三年後，有了穩定的工作和收入，自然抱得美人歸，加油啊！中午在家吃飯嗎？爹哋給你煎牛排。

兒子：「好。」

二〇二一年八月二十八日：

天行，還有兩個月，你便足二十五歲了。你的人生不知不覺間已經過了四分之一世紀了，而你老爸早於兩年前已經度過四分之三世紀了。我們的年齡相差超過半個世紀，肯定會有代溝，但我還是想將心中的一些想法告訴你（儘管你不一定會接受），因為你是我的兒子啊！我不是想說一些做人處事的大道理，這方面你肯定有你自己的想法，我亦會尊重你的意見，我只想同你閒話家常，縮短我們之間的代溝。

我發覺，像其他年輕人一樣，你做事有點兒粗心大意，如：出門忘記了關燈和將大門關好，上洗手間忘記了關門，半夜回家忘記了將聲音降低，忘記了家裡還有兩老好夢正酣，吃飯時忘記了將碗上的飯粒吃乾淨……等等，等等。這些都是小事，你用點心思便可以做到了。

廣東人有一個習慣，早上見到家人、朋友、鄰居、大廈保安和清潔工人都會打招呼：「早晨！」「早晨」這兩個字很有魔力，一下子將人與人之間的距離拉近了，相信你不會吝嗇這簡單容易的付出吧？尤其是早上起床見了比你早起的家人，說一聲「早晨」，會令朝陽更燦爛，親情更溫馨。三十多年前，你大姐、二姐、大哥、他（她）們的母親和我，早上都會親切的說：good morning! 晚上臨睡前輕聲的相互祝福：good night! 很溫馨，很暖心，這就是「家」啊！我很期盼每天早上聽到你說：「爹哋，早晨！」臨睡前也聽到你輕聲的祝福：「爹哋，good night！」

天行：「好，爹哋，我知道了。」

（翌日，兒子早上見到我，有些靦腆的說「爹哋早晨！」我感到有點兒意外，連忙說：「早晨！」今早，他見到我，輕快、自然的說：「爹哋，早晨！」我：「乖仔，早晨！這麼早？去健身房呀？」兒子：「係呀！」——八月三十日）

錯過

一九八六年八月一日，我由三藩市乘飛機返香港，應聘嶺南學院的教職。飛機在日本東京成田機場短暫停留、接客。坐了十個多小時的飛機，雙腿都有點兒麻木了。我離開飛機到機場候機室走動一下，透透氣。航班起飛前半個小時，我再登機返回自己的座位，發現本是空著的鄰座坐了一個年約二十七、八歲的女子，我以為她是日本人，禮貌地用英語說：excuse me。她看了我一眼，用廣東話說：「我可以同你換個座位嗎？我想坐窗口位。」我點了點頭。她起身移去窗口位，拿起放在座位上的《魯迅小說選》交給我。我有點明知故問：「妳怎麼知道我是香港人？」話匣子一打開，停不了。

愛玲不是很美，但清秀脫俗，談吐優雅，說話不徐不疾，聲音溫軟，讓人聽起來很舒服。她有一種淡雅高貴、只有受過良好教育的女子才具有的氣質。我們無拘無束，天南地北，無所不談。她的知識面很廣，我們談得很投契、很開心。她是一個鋼琴家，在加拿大東部一間音樂學院任講師。她是學院唯一的華人教師。她沒有英文名字，覺得中國人取個英文名字，總是有點怪怪的。她暑假返香港探親，順道到日本旅遊。不知不覺間，飛機安全著陸。我問了她的聯絡電話。

位於半山司徒拔道的嶺南學院，風景秀麗，空氣清新。我住在學校宿舍，從房子遠眺，景物開揚，一覽無遺。學校教職員對我很客氣，我們很談得來。我對新環境很滿意，很快就安頓下來。三天後，我打電話給愛玲，約她見面，她答應了，叫我過兩天到她家裡。她給了我她家的地址——跑馬地羅便臣道某大廈，是一個富人住宅區。

愛玲是獨生女，父親幾年前過世，母親與一個女傭人同住。父母都是上海人。我到達時，愛玲已經在大廈門口等我。她穿了一套淺藍色連衣裙，短髮，容光煥發。在飛機上與她邂逅，她坐在我旁邊，看得不大清楚。現在面對面，四目交投，發覺愛玲五官精緻，高約一米六五，樣子還是蠻漂亮的，特別是那真誠自然、毫無偽裝的笑容，令我印象深刻，至今也忘不了。

她母親年約六十歲，跟愛玲有點像，體態有點豐盈，保養得很好。愛玲說，她母親解放前在上海唸書，本科畢業，在那個年代，女子上大學是很前衛、很新潮的。我第一次見她母親，心情還是有點緊張、忐忑。她很隨和、很客氣，微笑著與我聊了幾句，問了我工作的情況。女傭人走過來，叫我們過去飯廳吃西瓜。已經切好的西瓜，整整齊齊的放在三個碟子上，旁邊擺放了刀叉和紙巾。愛玲叫她母親先坐下來，然後我們也一起坐下來，她坐在我旁邊。愛玲將西瓜再切成小塊，用叉挑乾淨瓜子，然後一口一小塊放入口中。她說：「我有潔癖，不習慣用手拿著西瓜吃。」吃完西瓜，愛玲帶我去參觀馬場，她父親生前是馬會會員、董事。孩童時，她父親時常帶她出入馬場，是她最快樂的時光，她很懷念。她父親是一個很成功的商人，可惜英年早逝。

兩天後，我們再見面，我陪她去買衣服。愛玲說，喜歡在香港買衣服，款式新，價錢比加拿大便宜。我們在中環一間大商場逛了一會兒，我陪她走進一間專賣女裝衣服的店鋪。她試穿了幾件衣服，每次都問我：「你覺得這件怎樣？好看嗎？」我每次都說：「很好！」我不是敷衍她，是真心的覺得她就是一個衣架子，穿甚麼衣服都好看。當你喜歡一個人，你會覺得她做甚麼都是對的，她穿甚麼都是好看的。愛玲望了我一眼，我知道她可能誤會我了，以為我在敷衍她，我被冤枉了。說來也奇怪，我從來沒有耐性陪女人買東西，但陪愛玲買衣服，卻一點都不覺得悶，倒覺得時間過得太快。

愛玲在香港有很多朋友，尤其是音樂界的朋友，她每天的節目都是排得滿滿的。她在香港的一個月期間，我們只見了四次面，包括前面所述的兩次。有一天，我約她到嶺南學院參觀，她看了我的宿舍房間，看了學院的圖書館，輕輕的點了點頭。我問她：「你會不會考慮回港任教？」她想了一下，說：「或許。我在香港高校的音樂系有不少朋友。」有一天，我們在銅鑼灣一間很高雅的咖啡店敍面。再過兩天，她就要返加拿大了。我問她：「歡迎我到加拿大探望妳嗎？」她怔怔的望著我，有點兒迷失，說：「甚麼時候都歡迎。」

愛玲經常被邀請到上海、北京、東京、莫斯科、馬德里……等地演奏，與當地的交響樂團合作演出。每到一個地方，她都郵寄給我一張當地的風景明信片，用秀麗的正楷書寫，中文很通順，沒有錯別字。每張明信片都寫得密密麻麻，介紹當地的風土人情和演奏會的簡況。每次收到她的明信片，我至少看十遍。我在嶺南學院工作了一年，八七年九月轉去澳門東亞大學。有一天，我收到愛玲從倫敦寄來的明信片，高興得不得了，笑得很開心，嘴也無法合攏，剛巧有一個老外同事找我，他見到我這樣亢奮，一言道破：「You must be in love（你一定在熱戀中）！」我沒有否認。我每到一個地方旅遊或參加研討會，都會在當地買一張明信片，填滿了字，郵寄給愛玲。不知道是甚麼原因，我們總有說不完的話語，說不完的話題。

八八年冬，我再一次踏足加拿大。從機場轉乘公共汽車。汽車剛到站已經看見伊人的倩影，她微笑著向我走過來。兩年不見，風采依然。她穿了一件淡黃色的大褸，留了長髮，長髮披肩，多了幾分嫵媚。她開的是一輛純白色本田。她的房子有兩層，樓下客廳、廚房，樓上有三間房，她一個人獨居。在樓梯轉角的牆上，掛了一副精緻小巧的相架，相架內白紙黑字，用漂亮的藝術字鑲著：The world is beautiful，beauty is everywhere（世界是美麗的，到處都是這樣的美）。愛玲見我定了神看，說：「這是我遊歷世界各地之後的體會，我所到之處都非常美麗，遇到的人也非常美好、善良，對我很好。我覺得這個世界真的是很美麗。」我凝視著愛玲，心裡想，其實她才是最美麗的，她的內心是最美的，她便是「美」的本身；在她的眼中，世界就是如此的美麗可愛。

我在她家裡住了五天。她帶我到她的學校參觀，在附近的港灣吃海鮮和到附近的景區遊玩。有一天我跟她返學校。她的辦公室放置有鋼琴。愛玲說，她每天都練琴，一般每天練五、六個小時。正談話間，有人敲門，進入來的是一位年青人，年齡與愛玲相若，高約一米八（我身高一米六八），面孔精緻英俊，比我這個東方人好看多了。愛玲給我介紹：「這是David，我的同事，他是一個小提琴家。」David客氣的同我打招呼，同愛玲聊了幾句便走了。我若有所思，說：「愛玲，我對音樂是門外漢，聽你彈鋼琴，覺得很好聽，琴聲和旋律都很美，但其實我一點都不懂得欣賞。妳不覺得妳是在對牛彈琴嗎？」愛玲想了一會兒，很認真的說：「你喜歡聽我彈琴就行了。我都看不懂你寫的論文，不都是一樣嗎？」我暗下決心，今生今世我一定要好好的愛護和照顧這個美麗善良的女子。雖然我沒有向她表白我對她的愛意，但我知道她心裡是明白的。

八九年冬，我收到愛玲寄來的一張明信片，字數不多，但內容很清晰、不含糊：「Herbert：我感到很迷惘。系裡有一個青年講師向我表白他對我的愛慕，並時常藉故約會我。他是一個小提琴家（你見過他）。我的心很亂，不知道如何是好。我想冷靜一下，今後的一段時間，我可能不再聯繫你，希望你能夠諒解，對不起！我永遠都不會忘記你。保重。愛玲。十二月二十日。」我整個人呆住了，無法相信這是真的。當我的心情慢慢的平靜下來，我拿起一張澳門風景明信片，以工整的字體寫：「愛玲：我明白，我理解，我會尊重你的選擇。或許，小提琴家更適合你，因為你們有共同的語言。無論如何，我會等妳。保重。Herbert，十二月二十七日。」

九〇年秋，收到愛玲的明信片和一盒錄音帶，盒面有她的照片。「Herbert：不好意思，讓你久等了。錄音帶是半年前我與莫斯科交響樂團合作演出的現場錄音，希望你喜歡。四個月前，我已經拒絕了David，但我不知如何向你解釋，直到今天才鼓起勇氣寫信給你。希望很快收到你的回信。有點兒想你，生日快樂。愛玲。九月十六日。」我全身震撼、顫抖，很久很久都無法平靜下來。她的信很直接、坦率，毫不掩飾她對我的感情：「有點兒想你。」九月十六日是我的生日。但是，天意弄人啊！四個月前（五月一日）我邂逅現在的妻子，並很快確定了男女朋友的關係（見〈妻子〉）。我不是說「我會等妳」嗎？我為甚麼不等她？我不知道如何回覆愛玲，我不想傷害這個善良的女子，不想令她傷心難過，更不想瞞住她。但事實上，是我變了心，說甚麼都是蒼白無力。我遲遲沒有回覆，我考慮再三，在寄給她的明信片上簡單的寫了一句：「愛玲：收到明信片和錄音帶，謝謝。**Herbert**。九月二十八日。」沒有半句問候，沒有半點溫柔，很冷血。明信片寄出後，一直沒有收到她的回音。我一直無法原諒自己，我恨自己。

我將愛玲寄給我的明信片和那盒錄音帶收藏好，並用手機拍照和「收藏」。

我同愛玲沒有發生過男女之間的關係，我連她的手指都沒有碰過，但是，我與她的戀情刻骨銘心，至今無法釋懷。錯過了的人和事永遠無法再挽回，時光不可以倒流，留下的只是綿綿無絕期的回憶。

我錯過的，不是一個前女友，而是我一生的至愛。

六月十九日

驚艷

我見過不少美女，令我感到驚艷的也不少，但大多是驚鴻一瞥，擦肩而過。本文所記的絕世佳人，卻是我的紅顏知己。

二〇〇〇年世紀之交，有一天，我站在新益花園樓下的街角，正想過馬路，迎面見到一個年輕漂亮的面孔——五官精緻，瓜子臉，清純甜美，美到令人窒息，高約一米六五。我整個人愣住了，怔怔的望著她，直至她的背影消失在新益花園大廈門口。

幾天後，我和妻子在大廈電梯碰見了她，旁邊還有一個比她大十多歲的女人。妻子同那個女人打招呼，聊了幾句。她是妻子的同事，年輕漂亮的女子是她弟婦，她們剛搬入新益，同我們一幢樓，低兩層。之後，我們在電梯碰面，都會聊上幾句。每次遠遠的望見她走過來，我會放慢腳步等她，和她一起乘電梯。她的一言一笑令我著迷；她那帶磁性和說得不太標準的廣東話，特別甜美好聽。我每次見到她就心跳加速，覺得自己好像在做夢。她清麗脫俗，淡妝雅服，如走下凡間的仙女，令人不敢褻瀆。在她面前，我不敢亂說話，不敢嬉皮笑臉，更不敢想入非非。

若蘭是四川重慶人。九十年代隻身跑到廣東中山一間工廠打工，被廠長驚為天人，並對她展開猛烈的追求。她入世未深，孤立無援，很快就被那個無良的廠長騙了。領證結婚的時候，她十八歲，男人比她大十五歲。他丈夫是廣東人，但母親是一個精明的上海人，她教他兒子訂立婚前協議：如離婚，女方要淨身出戶，沒有任何財物補償。婚後不到一年，若蘭生下她第一個兒子。她兒子比我的小女兒大半年。有一天，在電梯碰見她的丈夫（和她一起），見他五短身材，身高還不到一米六，樣貌很一般；不管怎麼樣看，都配不上若蘭，真的是一朵鮮花插在……真不知他行了甚麼狗屎運，能娶到這樣一個如花似玉的大美人。

在小女兒天穎八歲那一年，有一天，我和女兒一起乘電梯，碰見若蘭和她的兒子冠傑。我靈光一閃，說：「這個星期妳有空嗎？有空我們帶小孩一起去氹仔騎單車（自行車）。」她猶疑了一下，說：「好呀。」

那時已是深秋，炎夏已過，在廣東是最宜人的時節。那天天氣晴朗，萬裡無雲。我們在氹仔一間店鋪租了兩輛自行車。兩個年齡相若的小孩雀躍萬分，在石仔路上互相追逐，很快就消失在我們的視線中。我和若蘭坐在樹蔭下的石櫈聊天。我想更多的瞭解她，問了她很多私人問題。她是家裡的大姐，有一個妹妹和一個弟弟，山村人，家貧，十六歲就離鄉去廣東打工。與喜歡的人在樹蔭下聊天，很開心。沒有留意到出現在眼前的囡囡和冠傑。「媽咪，我想和天穎去威尼斯酒店玩。」若蘭望了我一眼，我點了點頭，她說：「小心啊！早點回來。」過了半個小時，還不見兩人回來，我們有一點擔心，就一起朝威尼斯方向走過去。行了半分鐘，就見到囡囡和冠傑騎著自行車迎面而來，我們相視、莞爾一笑。

一個多月後，我收到若蘭的一條短訊：「Herbert，你今晚有空嗎？八時在螺絲山公園門口見，有事同你商量。」我七時五十五分已經在公園門口等她，十五分鐘後看見她從新益花園那邊走過來。我們默默的走到園裡一個涼亭坐下來。

「Herbert，我離婚了。」她的聲音有些哽咽，在淡黃的燈光下，我看到她的眼睛有點兒紅腫，閃著淚水。

「點解（為甚麼）？」

「他母親嫌我是農村人，家裡窮，覺得不門當戶對，要她兒子同我離婚。根據婚前協議，我只能淨身出戶，得不到任何補償。我現在一無所有，我很害怕。」

「那個男人呢？他有甚麼想法？」

「他沒有意見，完全聽他媽的安排。」

「他真的是……」我想罵他渣男渣男渣男，但還是忍住沒有罵出來。見她傷心無助的樣子，我很心痛，有一種衝動想將她緊緊的抱在懷裡，將她好好的保護起來；但我還是控制住自己的情緒，只輕輕的抱著她，輕輕的拍拍她有點兒顫抖的肩膊。那時節已是初冬，晚上天氣有點冷，我見她穿得單薄，怕她著涼，再聊了幾句，知道她已經通過朋友的介紹在一間專做遊客生意的珠寶店找到工作，我亦放下了心，隨即一起離開公園。

她在珠寶店做店員的收入不錯，月薪加福利有二萬多元澳門幣，足夠她一個人（離婚後，兒子跟他父親）的食住開支了。有一天，有個內地遊客對她說：「你長得這麼漂亮，普通話又說得這麼好，為甚麼不當導遊？收入肯定比在珠寶店做店員多得多。」她頓時鐵了心要考導遊執照。

若蘭想學英文，將來可以帶外國遊客團。她工作的珠寶店離理工學院不遠，她每天下班有空就上我辦公室學英文，主要是學英語會話。她跟我學了半年英文，後來因為忙於準備考導遊執照，就再沒有學了。她的英文名叫 **Karen**。有一天，若蘭想我幫她取個新的英文名。我花了大半天的時間，揀選出十幾個英文名讓她選擇，都是高貴優雅的名字。她考慮了兩天，對我說：「我還是不改了，還是叫 **Karen** 吧。」我笑了一下，並沒有覺得她浪費我的時間，倒是很欣賞她，覺得她很有主見，有點女強人的味道。

若蘭很快就考到了導遊執照。那年月，澳門內地遊客人數月月創新高，她接了很多旅遊團，忙得不可開交。她收入不菲。好像她這樣一個萬中挑一的美女，人靚聲甜，說得一口流利的普通話，不受遊客歡迎才奇怪，收到的小費自然比別人多得多。她在珠海買了一間房子，並有了男朋友。男朋友是外省人，在拱北口岸海關工作。七年前，我返內地開酒樓和養雞養羊，長期住在內地，每次回澳門都約她在珠海見面、喝咖啡。我特別關心她的感情生活，希望她盡快找到一個好男人，有個好歸宿。有一天，她說：「**Herbert**，我發覺我的男朋友不是真的愛我，他和我一起，只是因為我有錢和漂亮而已。我提出和他分手，他不同意，並且恐嚇我，**Herbert**，我真的很怕，很擔心。」

我說：「你馬上將珠海的房子賣掉，返回澳門住，永遠不要再見那個賤男人！」

若蘭喜歡有陽台的房子，在我家附近的「海上居」租了一個兩房一廳的單位。兩年前見過她一面，她很開心的告訴我已經有了新的男朋友了。去年十二月「冬至」那天，我發微信給她，想約她見見面：「在哪？忙嗎？」

「在澳門，最近都沒上班，生了一個小BB，三個月了，男仔。」隨即收到幾張活潑可愛的BB相片。

「BB很可愛，妳真的太幸福了！也真的很勇敢，四十歲還生娃！」

「高齡產婦啊！你還好嗎？」

「我很好，春節後有空見見面嗎？」

「好啊！我甚麼時候都方便，我搬到氹仔了。」

「在家照顧BB？沒有再工作了？」

「沒工作了！過年後都想找工作了。」

但是，我正忙於寫這本小書，而且我一直不敢讓妻子知道我和若蘭有來往，怕她吃醋，因為若蘭實在太漂亮了，係女人都會妒忌。我想等妻子不在澳門的一天，去氹仔見她和她的寶寶。到今天還沒有機會。

若蘭年輕時遇人不淑，嫁了個渣男，吃了不少苦，後來在珠海又遇到一個賤男，現在總算苦盡甘來，有個好歸宿，並生了個活潑可愛的兒子。

我默默的祝福她。

六月十三日

後記：

「若蘭：剛完成一本散文集，所記都是我七十多年人生的點點滴滴和所見所聞，其中一篇〈驚艷〉的主角是妳，不過，為了保護妳的私隱，所用的都是假名字。我的記憶可能有誤，文中所記與真實情況可能有些偏差，還請見諒。我覺得我們相交相知的故事，很純真，很美，妳覺得呢？」

若蘭：「剛看了有關我的那段故事，哈哈！你記憶力真的好，跟你說過的話都還記得，其餘的我可能得等 BB 睡覺後分段看了！」

九月十八日

忘年交

二〇一九年九月，我報讀了一個由政府資助的職業培訓課程——精品咖啡師。我第一天上課遲到，課室已經坐滿了人，只有靠近老師桌子的座位是空的，鄰座是一個年輕女子。老師見人齊，叫同學自我介紹，互相認識。我坐在第一排第一個座位，我站起身介紹自己：「余振，退休人士。」鄰座的女子接著站起來，她微笑著轉身，讓後排的同學可以看清楚，說：「陳雪卿，從事飲食行業。」咦，是一個大美人啊！五官精緻，臉蛋兒白中透紅，高約一米六八，聲音甜美，美得不可方物。

在雪卿面前，我有點兒緊張，很想多看她幾眼，但又怕她誤會。學習分小組，四個學員共用一副碾磨咖啡機，同學可以自由選組。我很想同她一組，但又怕自己分心；有一次，站在她旁邊看老師示範，聞到淡淡的清香，我無法淡定，心跳加速，心不在焉，完全不知道老師在示範甚麼。我冷靜下來，想一想，還是選擇不與她同組。

六個星期的培訓課程，最後一週是考試——考咖啡師證書。我對考試沒有抱任何期望。我發覺自己老了，學習能力退化得很厲害。簡單如「拉花」，我試了無數次，還是拉得不像樣；味覺也差，未能精確的分別出咖啡豆的酸度。手腳也太慢了，比其他同學慢了不止半拍，在考試前的模擬考試，在規定的時間內，我只完成了製作咖啡和奶茶的程式的一半，哪能考到咖啡師的證書？我決定放棄。

學員來自各行各業，到最後一個星期，同學們也相互認識了、熟絡了，有人交換名片，互相加入微信。我也與同小組的幾個同學交換名片，很快，其他同學都知道我是退休教授，曾在澳門大學任教。我也給了雪卿一張名片，但她自己沒印名片。我面皮薄，不好意思叫她加入我的微信。我正擔心課程結束後如何與她保持聯繫，有一天，她和我說：「我弟弟今年唸高三，明年升大學，但他還不知道自己想讀甚麼專業，也還未決定是留在澳門還是返內地大學讀。我可以加入你的微信嗎?過幾天可以約一個時間同我弟弟見見面，給他一些專業意見嗎？」我如釋重負，慶幸不用找藉口要求她加入我的微信。

第一輪考試，全班十六個學員，只有兩個人合格，雪卿和一個男生，其他學員都要補考。

一個星期後，雪卿發微信給我，約我在一間精品咖啡店見面，給她弟弟做升學輔導。她弟弟高約一米七五，相貌有點像她，頗有朝氣。他想唸法律，但又想唸工商管理或公共行政，舉棋不定。我説了我的想法：「升讀大學，要麼讀個專業，要麼讀個非專業學位。讀專業就決定了你未來一生的職業，譬如，如果你選擇唸法律，畢業後你會做律師，而且會終生做律師。如果選擇唸非專業課程，如工商管理，畢業後你可以進入大公司，或自己創業、從商。如果你是一個有野心、有遠大抱負的人，非專業課程是一個不錯的選擇，它不會將你捆綁在一個行業，限制你的發展。但是，如果你想一生安安穩穩，唸法律是一個不錯的選擇。」

從咖啡店走出來，雪卿挽著她弟弟的胳膊，和她弟弟有說有笑，笑靨如花，羨煞旁人。如果我是她的弟弟，多好、多幸福啊！

我回家後，給她發了個微信：「我提的意見，對妳弟弟有幫助嗎？叫他加入我的微信，有甚麼事可以直接找我。」瞬即，我收到她的回覆：「我很認同你的說法，不過，如果我和他說，他不一定會聽，我也沒有你說得這麼清晰，他如果還有其他問題，我就問你啦。」她弟弟最後還是選擇唸法律，去年入讀澳門大學法律學院。

與她弟弟見面給我打開一個缺口，兩個月後，我約雪卿喝咖啡，我們成為朋友。不見她一兩個月就想她，但又找不到藉口約見她。我們的年齡相差半個世紀，她九六年四月生，比我小兒子大半年。如果她稱呼我為「教授」或「叔叔」，我們會很難找到共同語言，而且有點尷尬。哪裡有「叔叔」有事無事的約會女孩子？所以，我提議我們平輩論交，她爽快的點點頭。我叫她 Joyce（她的英文名），她叫我 Herbert。Joyce 原籍廣東江門，與我同鄉，她也會說家鄉話。她父母在江門開餐廳，據她說，生意還可以。逢大節日，她都會返江門和父母一起過。

Joyce喜歡旅遊。有一次，我發微信給她，她人卻在內地東北某地區滑雪。她發給我的照片，滿天飄雪，雪花下的她，表情多多，好像一個十三、四歲的少女，不失童真，我點了一下「收藏」，有空時再「點」出來慢慢欣賞。

Joyce在一間專給食肆送外賣的公司（如內地的美團）工作，對澳門的飲食業瞭如指掌。我們多次談到在澳門合作開精品咖啡店，但覺得近年來，澳門精品咖啡店愈開愈多，競爭激烈，生意不容易做。她想過開沙律（salad）店，但我覺得沙律只是小眾市場，很難做大做強。不管怎麼樣，我暗下決心，如果在澳門做飲食行業，我只會和她合作，並將店鋪取名「Joyce精品咖啡店」或「Joyce沙律店」或「Joyce……店」。

一天，我們在咖啡店聊天，雪卿說：「Herbert，我想參加澳門小姐競選，好嗎？」我說：「妳為甚麼有這個想法？妳又不需要證明甚麼，以妳的條件，妳贏的機會很高，但值得嗎？為甚麼要與一班沒有品味和氣質的女孩子同台競爭？」

雪卿：「……」

兩個月前，Joyce約我喝咖啡。我們聊了半個小時，天南地北，沒有甚麼主題，而咖啡店下午六點關門。我陪她走到巴士站，忍不住問：「你約我出來肯定有些事情，妳可以告訴我嗎？」

「沒甚麼。我想將這幾年的積蓄投資買股票，想聽聽你的意見。」

「可以呀。我建議妳買一些高息藍籌股，風險比較低。」

回到家裡，我馬上發微信告訴她我持有的股票，給她參考。我買的大多是高增長（高風險）股，其中有一個科網股，因國家政策改變的不利消息，而令股價大幅下跌，我急忙沽清手上的股票止蝕離場，並通知Joyce：

「買賣股票最重要的是保本，當形勢有變，要立即止蝕離場，保本要緊啊！」

Joyce回覆：「我決定還是繼續持有這隻股票，我承受得起股價下跌的風險。」

我無語。Joyce可能覺得我這個老頭太過謹慎保守吧。說到底，我們的年齡相差五十二歲，還是有代溝的。

十多年前，某名人，高齡八十二，與二十八歲的學生結婚——8228，一時傳為佳話。我不是名人，8228？連做夢都不敢，怕浪費別人的青春。當然，如果我晚生五十年或四十年，我肯定會不惜一切，想盡辦法，將Joyce追到手。

我彷彿聽到有讀者說：「做夢啦你！」

六月十六日

病人

去年，我所住大廈的樓下開了一間理髮店，生意很好，週末更旺。該理髮店只剪髮，沒有其他服務，收費六十元，不貴。全店只有一個師傅。

上星期三早上，我推開玻璃門進入理髮店，見已經有三個人在等候，我的眼球突然被一張熟面孔吸引住了，他是我在理工學院的舊同仁。他坐在輪椅上，臉頰深陷，臉色蒼白，全身瘦得只剩皮包骨，不像人形。旁邊站著他的太太（我們見過一兩次面，可能因為我戴了口罩，她好像認不出我了）和一個菲律賓籍男傭人，那男傭人是專責照顧病人的。去年在大廈樓下碰見那菲傭推著坐在輪椅上的舊同仁。當時，我上前打招呼，病人茫然的望著我，點點頭，並沒有說話，眼神呆滯，我懷疑他是否仍然認識我。我問候了他幾句，臨別說：「多多保重哦！」

去年的他，雖然病容滿面，但比眼前的他好多了，至少還像個人形。

正在忙著的理髮師見我進來，指著靠街的理髮椅說：「你在那張椅上坐吧，很快便輪到你了。」

我在靠街的理髮椅坐下來，眼睛望著街外，心裡尋思：同我的舊同仁打招呼嗎？他還認識我嗎？他會覺得尷尬嗎？如果眼前只剩一副骨頭的病人是我，我一定不願意見到任何相熟的人，我會覺得尷尬，因為我不願意見到別人為我難過，不願意看見別人憐憫（不管是真情還是假意）的眼光，更不願意見到別人以奇異的眼光注視著我；我是病人，雖然只剩皮包骨，不似人形，但我還是人，不是怪物，我還有人的尊嚴啊！

當我還在思考著應否上前同舊同仁打個招呼，耳邊響起了他太太清脆的聲音：「靚仔，輪到你了！乖乖的不要動，剪完髮後就更靚仔了。」我心裡想，我這個朋友的太太真好，很風趣，對身患重疾、半身癱瘓的丈夫不離不棄。

我想起十多年前曾與眼前的病人合作做過一個研究項目，並將研究成果寫成專著出版。他比我年輕十多年，那時的他精力充沛，負責問卷調查，做得很仔細，完成得不錯。我心裡糾結，上前打個招呼還是繼續保持沉默？我還在陷入沉思中，又聽到他太太響亮的聲音：

「靚仔，剪完了，你自己睇睇，比以前更靚仔了！」菲傭推著輪椅，他的太太推開玻璃門，離開理髮店了。

「先生，輪到你了。」

我霍然從沉思中醒過來，理髮店只有理髮師和我兩個人，空空蕩蕩，我若有所失。我做得對嗎？我擔心病人會感到尷尬，擔心他不想以現在的形象見熟人，而且，去年見過他，他好像已經記不起我了。我從轉換角色的角度揣測他可能作出的反應，但是，我真的想得太多了！我又不是他，如何知道他會感到尷尬？又如何知道他可能記不起我？而且，記起或記不起我很重要嗎？病人需要的是溫情和別人（認識的或不認識的人）的關懷，我為甚麼這麼吝嗇付出這一點點的溫情和關懷呢？

我很後悔，對自己的行為感到羞恥。我暗下決心：下次遇見他一定會主動、熱情的上前同他打招呼、親切的問候他。但上天會原諒我的過失，給我一個補償的機會嗎？

「先生，剪完啦，你睇睇，靚仔嗎？」

九月八日

煮夫

退休後不久，小女兒開始上中學。她唸中三那一年，我們辭退了家裡的印尼女傭；從那年開始，我成為「家庭煮夫」。剛開始時是兼職，二〇一九年底，新冠肺炎疫情肆虐，出入澳門手續繁瑣，很不方便，我將自己「禁足」澳門，成為全職「煮夫」。

兒子在台大唸書，小女兒在英國倫敦唸書，到暑假一家人才聚在一起。我負責一日三餐。早餐很簡單，每天用電飯煲蒸三隻雞蛋，三條番薯，一條玉米（斬開三件）和九枚紅棗；蒸熟了分三份，妻子、女兒和我一人一份。兒子不吃早餐，他也不喜歡吃這樣清淡的早餐。

午餐和晚餐吃甚麼就要看妻子是上哪一班才可以定。妻是山頂醫院護士，要輪班（早午晚三班）。所以，除了放假那天，一天總有一餐不在家裡吃。兒子和女兒中西餐都吃，但妻子不喜歡吃西餐，所以，她不在家吃的那一餐，我會煎牛排或煮海鮮（或肉碎）義大利麵，或叫外賣（pizza薄餅、壽司、泰國菜或酸辣魚）。妻子和女兒都喜歡清淡，口味同我差不多。兒子比較麻煩，他無肉不歡，每餐飯只吃三、四口蔬菜。午晚餐都有（也只有）兩個菜——一葷一素。妻放假那一天，一般都會煲湯，鯽魚豆腐芫茜湯最受家人歡迎。

我年事漸高，手腳開始慢下來，準備一餐飯要花上大半個小時，有湯那一餐更要花上一個多鐘頭。年老善忙，已經有好幾次將菜煮燶了。有一次，飯已經吃完，妻子發覺廚房的煤氣爐還是火光熊熊，原來我忘了關火。拿東西的時候，有點兒手抖，拿不穩。每月總會打破一兩隻碗或杯，裝凍開水的玻璃壺也換了兩個。妻見滿地玻璃碎片，一句話沒說，蹲在地上，低著頭很小心的清理廚房的碎片，並叫我不要進入廚房，怕我割傷。

疫情爆發之前，我每星期都會去一次珠海拱北街市買新鮮蔬菜（澳門關口禁止市民攜帶未經煮熟的肉類入境）。疫情爆發之後，我再沒有過關買菜。不過，不少澳門人看到商機，很快，在我住處附近就開了三、四間專賣蔬菜的店鋪，種類也頗齊全，價錢也比超市便宜。我每隔兩天會去附近菜店買蔬菜。去超市主要是買乾貨、雞蛋、水果、冰鮮魚和冰鮮肉，偶爾也會買減價促銷的蔬菜。

我慢慢愛上了在超市或菜店買東西。在超市買東西很自由，任揀。店員從不會干涉你，因為他（她）們不是老闆，多一事不如少一事。我可以任意揀選水果，拿起又放下，放下又拿起，只揀熟的但又不是太熟的買；買牛油果或奇異果更會用手指按壓一下，只買不太硬又不太軟的。澳門的超市沒有供應活魚或新鮮肉，只有冰鮮的。我買已解凍的冰鮮魚或冰鮮肉，一定會仔細看清楚包裝日期和保鮮期，只買當天包裝的。有一天，我忘記了是甚麼日子（我沒有戴手錶或帶手機出街的習慣），見身旁有個女人（看不清年紀，因為戴了口罩），正拿起一條包裝好的黃花魚，我說：「唔該，今日是幾號？」她說：「二十號。」我將放在貨架底層的一條黃花魚抽出來（店員或店長很聰明，會將前一天包裝、還未賣出去的魚或肉放在表層，當天包裝的放在底層），看清楚包裝日期是「五月二十日」，就將黃花魚放在購物車中。那女人望了我一眼，再看看手中拿著的黃花魚的包裝日期，搖搖頭，將手上的魚放回貨架，再從貨架的底層抽出一條，看了一下，放在購物車中。我向她做了個拇指頭向上的手勢。

有些「老友記」（長者）不懂得看包裝日期和保鮮期，我不只一次提醒買東西的「老友記」要買當天包裝的冰鮮雞、冰鮮魚和冰鮮肉，店員（應該是說店長或老闆）一定恨死我了。

成為全職煮夫後，我在家中的角色完全倒轉過來，現在我家是女主外，男主內。妻子是家庭中的經濟支柱。做了一年多煮夫，我明白了「只有曾經歷過，才能真正體會到」這句話的意思；我深深的感受到做家庭主婦真的不容易。除了負責一日三餐，還要洗衣服和清潔打掃地方。想起幾年前，為了酒樓和雞場的生意，我大部份時間不在澳門，妻子頂著工作壓力，下班後還要做家務，真的不知道她是如何扛起這頭家。

三十五年前，我離開美國回港澳任教，那年大女兒才九歲，二女兒七歲，兒子四歲，都還是很需要父母悉心照顧的年齡，而前妻卻一個人扛起全家，全職工作全職家庭主婦，真的太辛苦太累了。月初二女兒生日，我同她一家人視頻，女兒說：「爹哋，我和 Melvin（女婿）只有一個女兒和一個兒子，但已經由早忙到晚，累得不得了。我真無法想像那些年 Mom 是如何能夠一個人將我們姐弟三個人養育長大。」

我虧欠妻子和亡妻太多太多了。

五月三十一日

水果

我國的飲食文化有「飯後果」這個傳統。不管是大小宴會，公宴私宴，在客人飲飽食醉之後，主人家都會呈上一盤新鮮合時的水果，讓客人品嚐。世人都喜歡吃香甜多汁的水果。

水果好不好吃，關鍵是個鮮字；不新鮮和開始腐爛的水果有一種腐臭味，吃不得，也對身體有害。

我甚麼水果都吃，不挑剔，新鮮就可以。我吃蘋果、橙、桃、梨、荔枝、龍眼、黃皮、柑、香蕉、西瓜、哈密瓜、西柚、火龍果、奇異果、葡萄……等等，等等。但是，要我自己花錢去買水果吃，我還是比較挑剔的。我買荔枝只買桂味，龍眼只買石峽，榴槤（蓮）只買金枕頭或貓山王，葡萄只買巨峰。我也常買蘋果、橙、梨、香蕉、奇異果……這些一年四季都有的水果，因為我和家人每天都吃水果。

我最愛吃榴槤，但我一年只吃一或兩次，因為榴槤太甜、糖分高，老人家不宜多吃，而且價錢太貴，捨不得買來吃。榴槤無愧是果中之王，水果中之極品，貓山王那濃鬱香甜的味道，口齒留香，久久不散，回味無窮。每次在超市見到金黃色的金枕頭或貓山王，就有一種衝動想買，但，為了健康和荷包著想，還是忍住了。我喜歡買整個未開的榴槤放在家裡兩三天才開來吃；每次一回家就聞到榴槤的香味，滿屋子都是榴槤飄香！

我的另一最愛是牛油果（avocado）。在我心中，榴槤和牛油果是水果中的絕代雙驕，難分軒輊。熟透的牛油果，近果核的部份是淡黃色，近果皮的部份是翠綠色，嫩滑的果肉塗上了一層薄薄的透明的油彩，陣陣幽香，令人忍不住咽口水；我一小匙一小匙的慢慢的放入口，那種清淡香醇、有點兒似鮮核桃的香味，和油而不膩的口感，令人含在口中，捨不得吞下肚去。如果榴槤是一個濃妝艷沫風情萬種豐乳肥臀的美婦，avocado 就是一個淡掃娥眉，清純得像鄰家的女兒一樣的美少女。可惜，超市的牛油果都是從墨西哥進口，在樹上還很生硬青澀就摘下來，買回家裡，過了幾天，感覺熟透了，剖開一看，每兩個就有一個是爛的，好像在賭場買大小，機會一半半，但十賭九輸，運氣差的一天，兩隻開出來的都是爛的！

讓我不禁想起五十年前在夏威夷大學唸研究院時的情景。檀島居民每十戶有五戶在自家後院種植牛油果樹，掛滿在樹上的牛油果有些比拳頭還要大（比在超市常見的墨西哥種大兩三倍），有些熟透了的掉落在地上，都爛了，太可惜了。我向屋主打個招呼，摘兩個在樹上熟透了的來吃，那種甘香厚醇的鮮味令我終生難忘。五十年前，我在檀島第一次初嘗牛油果，之後，avocado 就成為我一生的至愛。如果你用槍口指著我，一定要我在榴槤或 avocado 之間二選一，我會選擇後者。有誰不會愛上氣質淡雅、清純和美得不可方物的鄰家女孩呢？

我吃過最好吃的芒果也是在檀島居民後院種的，剛從樹上摘下來的，熟透了的芒果，太香、太鮮甜可口了。自此之後，我無法接受在超市買的不是在樹上熟的芒果了，因為，只是一個甜字，完全沒有芒果的鮮香味，如何吃得？

我對葡萄不感冒，覺得除了甜，沒有甚麼特別風味。但我喜歡「巨峰」這個品種，是除榴槤和牛油果之外，我最喜愛的水果。巨峰有一種很特別的清香味，有點兒似桂花，但又不全是，有點兒似草莓，但也不全是，啥在口中，滿口腔香味四溢，是一種說不出來的奇妙的味覺享受。在日本種植的巨峰味道最佳、最正宗，韓國次之，在台灣或內地種植的就完全走了樣，味道還比不上美國的黑葡萄。但日產巨峰的價錢實在貴得驚人，我拿起來又放下，再拿起來又再放下，還是捨不得買，只有望梅止渴。我安慰自己，反正我已經吃過最好吃的巨峰（我在日本教了三年書，愛上了巨峰），亦算是今生無遺憾了。我這樣說，有點兒像魯迅先生所說的阿Q精神。

在榴槤、牛油果、巨峰之後就是藍莓了。我喜歡藍莓那種淡淡的清清甜甜的味道，尤其喜歡野生藍莓。十一年前去加拿大參加二哥二嫂結婚六十週年紀念宴會，二嫂的大女兒帶我和家人去參觀她朋友家的農場，在農莊門前有兩株野生藍莓樹，是我今生吃過最美味的藍莓，那種野味和原味，至今忘不了。

我喜歡吃藍莓芝士蛋糕，特別喜歡本澳新八百伴商場一間麵包店烘焙的紐約藍莓芝士蛋糕。每逢我生日，小女兒都買給我吃，絕對是極品！

五月二十八日

食

我不偏食。飲食習慣是自小養成的。我父親很重視孩子的飲食習慣。他定下幾條吃飯時必須遵守的規則；一，不能偏食；二，不能浪費；三，除魚刺或已變質的食物外，已經入口的食物不能吐出來；四，自己裝飯添飯，吃清自己碗裡每一粒飯，如果不小心掉了一粒飯落枱，要用手拾起來放入口中。父親定的規矩似乎很苛刻，但在那物資匱乏的年代，鄉下人都是這樣做的。其實，習慣了，就很容易達到父親的要求，更覺得這是理所當然的。父親的家教就六個字：不偏食，不浪費。

長大後，除了已變質的食物外，可以入口的東西我都吃。當然，我會偏愛某種食物，但是，除了太鹹太甜太辣太酸太苦太油的食物之外，想不起有甚麼東西

我會完全拒絕不吃。

在漫長的人生路途，我去過很多國家，去過內地很多地區、城市和農村，吃過各種風味不同的食物，對「食」有我自己的看法。烹調不同菜式的關鍵是食材，不同的國家或地區種植和養殖不同的食材，因而有各式各樣的菜色和不同的「食文化」。我覺得食是一種文化現象，而文化的本質是只有差異，沒有高低優劣之分，因此，食文化也沒有高低優劣之分。我覺得一種食物或菜式被當地人接受和喜愛，一定有其原因，如果我們不能接受或不喜歡吃，不是食物本身有問題，而是我們自己不懂得欣賞別人的食文化。隨著人生閱歷的增長，我學會了尊重和欣賞不同國家、不同地區和不同民族的食文化。

我喜歡吃日本菜、泰國菜、越南菜、印度菜、法國菜……覺得異國風味很有特色。我喜歡吃粵菜、川菜、滬菜、雲南菜、新疆菜……清淡濃鬱，各有千秋。至於喜歡吃的食材就更多了：刺身、壽司、咖喱、牛肉、氂牛肉、豬肉、羊肉、雞、鴨、鵝、鴿子、魚、蝦、蟹、田雞、禾蟲、蛇……等等，等等。我唯一抗拒不吃的是狗肉，因為覺得狗有靈性，對主人忠誠，而且我喜歡狗，又曾經養過狗。牠是忠誠可靠的朋友，比狡猾虛偽的人類靠譜得多。怎麼能忍心吃？

因為童年在農村過，我愛上了鄉下的土特產。剛從菜田摘下來的小白菜、莧菜、菠菜、毛豆、荷蘭豆、花生、茄瓜、苦瓜、節瓜、南瓜、芋頭……等等，鮮甜得不得了。我特別懷念鄉下的土產「雞爪芋」。雞爪芋可以用來焖雞、焖鵝、焖鴨或煲湯，生（黑）魚粉葛雞爪芋湯清甜好味，幾年前返鄉在三埠一間酒樓吃過一次，不錯。可惜雞爪芋只是小眾的心頭好，而且賣相不佳，形狀、大小不一，沒有商業價值，因而愈來愈少人種植，我鄉下村裡已經沒有人種植了。雞爪芋要削皮煮，削皮不帶膠手套手指會痕癢得令人無法忍受。有一天，茶餘飯後，父親說：「打日本仔的時候，有一次，一隊日本兵進入我村搜掠，將菜田的雞爪芋連根拔起，有些已削皮，但日本兵並沒有帶走，估計他們都被癢得怕怕了！」其實，煮熟了的雞爪芋口感很好、清甜可口。

妻子江蘇海門鄉下有一種叫「香芋」的土產，大的比雞蛋還要大，小的有紅棗大小，味道很特別、很香甜，可以用來燜或紅燒或煲湯。我更喜歡蒸，蒸熟的香芋很容易剝皮，口感和味道遠勝一般芋頭。可惜，香芋的命運同家鄉的雞爪芋一樣，因為不是眾人都喜歡的品種，沒有商業價值，已經愈來愈少人種植了。大舅知道我喜歡吃香芋，每年返廣州（他兒子落戶廣州）過冬，都帶幾公斤香芋給我，但是，今年冬，只帶了兩公斤，大舅說：「已經問了大半條村的村民，還拿不到兩公斤，現在村裡很少人種植香芋了，恐怕再過兩三年，鄉下不會有人種了。」如此佳品，卻瀕臨絕種，太可惜了。

我最愛吃苦瓜和芝士，兩者都是我的至愛，不分軒輊。我覺得苦瓜一點兒不苦。切開苦瓜已經聞到淡淡幽香，入口，那種甘香清醇的口感和味道，無與倫比，真是上天的恩賜，人間的極品。苦瓜可以涼拌、燜、炒和煲湯。苦瓜又叫涼瓜，粵人喜歡講意頭，嫌「苦」字不好聽、不好意頭；涼瓜，取其入口甘涼之意。涼瓜炒牛肉是粵菜佳餚，排骨黃豆涼瓜湯，材料簡單，卻是我最喜歡喝的湯。苦瓜愈苦味道愈濃鬱醉人。

我同樣癡愛芝士（乳酪）。前妻也很喜愛芝士。她告訴我一個故事：抗戰後期，美軍在中國空投救援物資，大多是罐頭之類的食品，也有芝士。她家傭人拾到一塊磚頭形狀的芝士，以為是肥皂，拿去洗衣服，但洗了很久都沒有泡沫，丟去垃圾桶了。真的是暴殄天物！同苦瓜一樣，我覺得愈濃味的芝士愈好吃。我喜歡將一小片芝士放在口裡慢慢咀嚼、慢慢享受，或將芝士切絲或切粒涼拌沙律（salad）吃。我很少吃蛋糕，覺得太甜太油，但是，我喜歡吃芝士蛋糕，尤其是藍莓芝士蛋糕。

我愛吃橄欖，喜歡它略帶苦澀的甘香味。我喜歡吃有核的橄欖，喜歡慢慢咀嚼，愈咀嚼愈覺其味無窮；挖除了核的橄欖，有時不經咀嚼吞了，吃不出味道來。家人都不喜歡吃橄欖，出外吃西餐，都將碟子上的橄欖讓給我。說起橄欖，令我想起五十年代香港的「飛機欖」。那時我和家人住在九龍深水埗福榮街一棟舊樓的四樓，每天近黃昏，經常有一個年輕人，揹著布囊在樓下大聲叫賣：「甘草欖，飛機欖！甘草欖，飛機欖啊！……」我打開騎樓（陽台）的窗子，伸出頭，向下大聲喊叫：「一包飛機欖！」並拋下兩角錢硬幣，旋即，一小包「飛機欖」從窗外飛入來。小包內的甘欖，有濃厚的甘草味，微酸，是我少年時代最愛吃的零食。「飛機欖」比商店賣的甘欖要貴些，但我還是喜歡「飛機欖」，那年輕人百發百中的技藝令我著迷。

民以食為天，我不羨慕不食人間煙火的神仙或世外高人，我更鍾情於凡世間的飲飲食食。人生之所以值得留戀，因為有數不盡的、令人癡迷的各種風味美食。

我為人父之後，想承傳父親的家訓，讓孩子養成一個好的飲食習慣。前妻的三個小孩很聽教，他們不偏食、不浪費，這可能與他（她）們在美國長大有關係。西方人用碟吃餐，想吃多少就放多少在碟上，吃完可以再添，一般都會將碟上的食物吃清光。我唸研究院的時候，有一天，教授請幾個學生到他家裡吃晚餐，他吃完碟上的食物，還用麵包將碟子上的菜汁（gravy）吸乾淨放入口，姿勢自然優美，令我印象深刻。同前妻和孩子一起吃中餐的時候，我們一般都會用碟和刀叉（雖然孩子也懂得用筷子），也習慣了西方食的禮儀（table manner），不浪費。

在澳門就很難複製父親的家訓了。妻子很寵溺小孩，尤其是他的心肝寶貝兒子，我的小兒子。兒子說不喜歡吃這樣那樣，這樣那樣的菜餚之後就會從飯桌上消失。最令我頭痛的是，兒子邊吃飯邊看手機或玩遊戲，每餐飯都吃得匆匆忙忙，吃完飯後，飯碗還留有七、八粒飯，飯桌上有七、八粒飯，地下有七、八粒飯。我無語，也無辦法，慈母多敗兒啊！小兒子快二十五歲了，去年有了女朋友，但吃相不改，依然故我，不知道「粒粒皆辛苦」。

國人也有浪費食物的不良習慣。前幾年我在新會大澤鎮開酒樓，大廳開闊、座位多，當地人都喜歡在我的酒樓擺婚宴壽宴和其他宴會，宴會至少有一湯十菜，還未把飯和麵和水果算在內。宴會完畢，每桌都有很多剩餘的飯菜，客人也很少將剩餘的菜餚打包回家（剩餘的菜餚也不衛生，因為當地人沒有用公筷的習慣）。

十一年前返加拿大參加二哥二嫂六十週年結婚紀念宴會，宴會前一個星期，赴宴嘉賓已獲通知選擇一樣菜式——煎牛扒或煎三文魚。宴會結束後，每個客人的餐碟都乾乾淨淨，沒有剩餘的菜餚。國人甚麼時候才學會西方不浪費的飲食文化呢？

五月三十日

食鮮

我不挑食，可以入口的東西幾乎都吃，但，我只食鮮。

我喜歡吃海鮮，尤其是生猛海鮮。在多倫多大學唸本科那三年，每年暑假都同女朋友（後來的妻子）一起去美國波士頓打工，休息的那一天就一起去龍蝦棚（**lobster shack**）吃新鮮龍蝦。一磅左右的龍蝦最好吃，肉嫩鮮甜，口感最佳。我們叫服務員從海水中拿起兩隻重約一磅的龍蝦，再要了一碟蜆和兩碗鮮蜆湯（**clam chowder soup**），都是我們的心頭好，那種鮮甜味道和恰到好處的口感，至今想起，還是回味無窮。而且，同心愛的女朋友在一起品嚐人間美味，也太浪漫、太夢幻了，終生難忘。

研究院畢業後，我在加拿大東部的達爾豪斯（**Dalhousie**）大學唸博士後，二女兒在當地（Halifax）出生。週末有空我到大西洋海岸釣魚，每次都釣到幾條鯖魚（mackerel），拿回家用豉汁薑蔥蒸吃，鮮甜美味，一家人都愛吃。

我愛吃生蠔，但不敢吃酒樓或餐廳的生蠔，怕不新鮮或者被環境污染。每次返美國加州探望女兒，女兒都帶我去附近的漁人碼頭吃生蠔和蜆湯，女兒也很喜歡吃。生蠔鮮甜香滑，一點兒腥味都沒有，一口一隻，很過癮。望著寶貝女兒吃得津津有味的樣子，不知不覺間，我也吃了十多隻。其實，不管是甚麼極品美味，一個人獨自吃，總覺得不夠味，總覺得好像缺少了一些甚麼，只有同親人和自己心愛的人分享，才吃出味道，吃出樂趣。我覺得我是這世上最幸福的人，因為我最喜歡吃的海鮮、苦瓜、榴槤、牛油果、芝士……等等，妻子（妻和前妻）都同樣喜愛，也真是前世修來的緣分。

我也喜歡吃河鮮、塘鮮。兒時在鄉下，一見四哥（大我八歲）帶著蝦籠去山邊小溪澗捉魚摸蝦，我就屁顛屁顛的跟在他後面。下滂沱大雨那天，我就更亢奮異常，嚷著要同四哥一起去田間水溝捕捉從魚塘跳出來的魚蝦。我家有魚塘，每次母親想蒸魚吃都叫四哥去魚塘捉魚或釣魚，我自然又爭著要去。自家魚塘從不用飼料，魚蝦全是天然生長，鮮甜好味得不得了。鄉下下大暴雨還衍生出一幕奇景——滿地蹦跳的大小田雞（青蛙）。我和四哥最喜歡「釣」田雞（見〈雨〉），每次下暴雨總會釣到十多隻。田雞鮮甜美味，田雞飯是遠近馳名的家鄉菜。可惜，現在農村再吃不到美味的河鮮和塘鮮了。河水被嚴重污染，河魚愈來愈少，僅存的也因含有高度超標的重金屬，沒人敢吃。而塘魚用飼料餵大，味道完全不可以同天然生長的塘魚相提並論。田雞也早已絕跡，因為稻田和菜田不再用有機肥料，改用了化肥和農藥。

在農村生活過的人都知道，最好吃的雞是自家養的在田野吃蟲和吃野菜、野草長大的走地雞（不是籠養的，可以自由走動的雞）；即劏即煮即食的農家雞，不管是蒸或煮或焖或炒都是桌上佳餚。瓜菜是剛從菜田摘下來的最鮮甜好吃；雞蛋是剛生來的還有微溫的最香。

食，要食鮮。

六月一日

競技

幾天前，我看了一場非常精彩的澳網八強賽，名將納達爾（港譯拿度）在領先兩盤的大好形勢之下，被比他年輕十二歲的西西帕斯連扳三盤、逆轉淘汰。這是一場實力相當、充滿懸念的比賽，兩位球手都力拼到底，不放棄。最終，長江後浪推前浪，還是年輕力壯的西西帕斯勝出。西西帕斯充滿自信的面孔和力挽狂瀾的大心臟令人難忘。

我喜歡看打球，網球足球籃球排球乒乓球羽毛球……都喜歡看。我很挑剔，我只喜歡看高水準、雙方實力接近、戰況激烈緊湊、充滿懸念的比賽。昨天的澳網女單決賽，大阪直美直落兩盤力克布拉迪，戰情一面倒，我只看了一盤就不忍心再看下去了。所以，我不看國足比賽。

我也喜歡看其他體育競技，田徑游泳跳水體操滑冰……等等。我不喜歡看拳擊比賽，覺得太暴力、太殘忍。

我覺得高水準高難度的比賽是一種藝術，很美，令人陶醉。看高敏、伏明霞、郭晶晶和吳敏霞的高台跳水，是一種視覺衝擊，是一種視覺享受。

幾年前，我很喜歡看西甲足球聯賽皇馬大戰巴塞。那時候，皇馬的C・羅和巴塞的梅西（港譯美斯）正處巔峰，看兩大球星鬥法，已經很有看頭。我更欣賞兩隊的攻防戰：當一方啟動攻勢，另一方會全力退守，伺機反擊；守方截球後全力反撲，攻方馬上全速回防。在高清電視鏡頭的俯瞰之下：兩隊進攻時如水銀瀉地，氣勢如虹，回防時井然有序，絲毫不亂，恍如古代戰爭的行軍佈陣。雙方都有名帥壓陣，鬥智鬥勇，進退有據，將一場足球比賽昇華至一種藝術境界，一種美的、賞心悅目的境界，令人心神俱往。

我很欣賞球王馬勒當拿和梅西的足球藝術，但我更欣賞C・羅永不認輸的拼搏精神。是的，我就是喜歡運動員這種「拼」勁，不顧一切、咬緊牙根拼搏到最後一秒鐘的拼勁。這種永不言棄的拼博精神就是體育精神。

運動員參加比賽都是想贏（play to win）不想輸（打假球的除外），明知對手的實力比自己強，都會不顧一切，全力以赴。試問，有哪個運動員會甘心被當作一枚棋子，為了為國家多拿一個金牌，而被領導犧牲「安排」故意輸球？因此，我特別欣賞中國女排教練郎平，她那種迎難而上，不取巧走線，只憑實力取勝的精神，令人欽佩。而且，在郎平的指導下，女排球員的心理素質獲得明顯提高，能抗壓能打逆境球。在二〇一六年里約奧運，在先失一局的情況下，女排姑娘沉住氣，逆轉實力強橫和被普遍看好的巴西和塞爾維亞隊，拿到奧運金牌。最經典的一戰莫過於二〇一九年在香港舉行的一場世界女排聯賽，在先落後義大利女排兩局非常不利的情況下，女排姑娘不認輸、不放棄、力拼到底。最後，好像奇蹟一樣連勝三局逆轉，令人驚嘆。這就是令國人引以為傲的「女排精神」！

我是朱婷的粉絲。朱婷是我國少有的世界級球員，收割了無數的MVP，但，最令我欣賞的是她的低調、她的不亢不卑。她是頂級球星、隊魂，但她不驕傲，她關心和鼓勵其他隊員，尤其是年輕隊員。排球比賽能否取勝是靠團隊精神，靠全隊人的努力，不是靠個人的力量。朱婷場內場外的表現，處處顯示出國際球星的風範和魅力。

體育競技重視的是永不言敗的拼搏精神，好像西西帕斯和中國女排。人生何嘗不是？

二月二十一日

後記：

七月二十九日。我看了一場令我感到痛心的東京奧運女排比賽。中國女排在第四局領先20比14的大好形勢之下，竟然被俄羅斯女排逆轉，其後俄羅斯更乘勝追擊，贏了第五局決勝局和這場比賽。在先後輸給土耳其、美國和俄羅斯女排後，中國女排小組出線基本無望。令人不解的是，根據往績，中國女排對土、美、俄贏多輸少，問題究竟出在哪裡？

朱婷依賴症是中國隊出局一大主因。

主攻手朱婷是球隊的主心骨、定海神針，在關鍵時刻，一錘定音。很不幸，朱婷於二〇一七年在土耳其打球期間，意外弄傷了右手手腕，必須施手術，但因為要備戰各項國際大賽，一直拖延，只做一些保守治療和保護措施。奧運前夕，朱婷的手腕傷情加重。在負於土、美、俄的比賽上，很容易看到朱婷不敢發力、不敢攔網的無奈。

朱婷手腕受傷四年了，為甚麼中國排協一直沒有人站出來？說：「讓朱婷施手術，讓她休息，將手腕的傷徹底醫治好。」

運動員的健康重要還是獎牌重要？在外國，有球員受傷，一般都不會讓球員帶傷上陣，不會讓球員冒一傷再傷、做成永久性傷患的風險。而且朱婷不上場，其他球員失去依賴，球隊可能會更團結，打出團隊精神，效果不是更好嗎？

七月三十一日。郎平教練讓朱婷休息。結果，中國女排直落三局贏了世界強隊義大利女排。沒有了朱婷的中國女排，戰意高昂，頑強戰鬥，我們所熟悉的中國女排又回來了。

八月二日。小組最後一戰，中國女排直落三局贏了弱隊阿根廷女排。對此，內地網民意見紛紜，其中有兩條網文頗有意思：

「朱婷有傷教練團隊是知道的，先不說從保護球員身體的角度，而僅就朱婷因傷不能充分發揮水準的角度，難道教練們看不出來？如果從第三場開始更換為最後兩場的陣容，效果會更好吧。」

有網民馬上回覆：

「你忘了郎導上面還有領導嗎？領導需要在奧運出成績啊！球迷也想再看一個冠軍誕生啊！在一個集體浮躁的年代，你以為自己能做主嗎？」

上述兩則網文都很精彩，直指我國體育制度的死穴，一針見血。而「在一個集體浮躁的年代，你以為自己能做主嗎？」更是神來之筆，道盡當今內地社會的真實面貌。

八月三日

賭

澳門沒有賭場，只有娛樂場。

「小賭怡情」，是澳門政府和各大博彩娛樂公司對外推廣澳門旅遊博彩業的宣傳口號。

賭的種類很多，進入澳門任何一間娛樂場，都可以見到百家樂、買大小、二十一點、牌九、俄羅斯輪盤、番攤、角子機……五花八門，目不暇給。娛樂場外，有我們熟悉的賽馬、搓麻將、賭球、六合彩、炒股……

賭是一種投機，以小博大，懷有僥倖心理。世人多認為國人好賭，出入澳門娛樂場的多是內地和香港客，我國境外的賭場也都定位國內遊客。這説法有一定道理但也失之偏頗。如果我們同意賭是一種投機意識、投機行為，那麼世人都是賭徒，中外概莫能外，只是程度上的分別而已。

賭博不一定輸，如果逢賭必輸，澳門的娛樂場早已關門。但是，如果終日流連娛樂場，輸了又賭，贏了又賭，到頭來必輸無疑；這是大概率的事情，最終的贏家必然是賭場，否則賭場如何經營？

「小賭怡情」還是有一定道理的。我有不少內地和香港朋友，只帶一定數額的現金進入娛樂場，贏了離開，輸清了手上的現金也離開，而且，不會回頭再搏殺。但是，世上有多少人能夠這樣清醒和自律？很少很少。賭，一旦上癮，同吸毒一樣，會愈陷愈深。事實上，戒賭比戒毒更難。你可以將一個癮君子五花大綁，逼他戒毒；但是，勸人戒賭沒有這麼容易。不管你用甚麼方法，苦口婆心也好，軟硬兼施也好，他當著你的面可能會發誓戒賭，但，當你一轉身，他就會心思思，依然故我，不賭不快，不賭到傾家蕩產或家散人亡都不會停手。賭比吸毒遺害更大。在舊社會，吸毒一般是抽大煙（鴉片），大戶人家，伶人戲子，青樓妓女，好此道者不少。你有錢買得起鴉片煙就可以了，也不至於傾家蕩產。我前妻出身大戶人家，三四十年代在澳門富甲一方，與高可寧齊名。但是，到五十年代就家道中落，因為她家裡出了一個賭徒（她的三伯），將全副家業都輸清光了。她的二伯是癮君子，抽大煙，終日無所事事，是典型的二世祖，但是，她家族不是敗在二伯手上，罪魁禍首是她那爛賭的三伯。

我二姑丈是個賭徒。二姑姐小二哥兩歲，她是繼祖母的獨生女。二姑丈是溫哥華市華僑，提親的時候，他並沒有回國，只憑照片互相認識。媒婆說男子為人老實、勤力、孝順，是一個難得的好男人。祖父從加拿大寄回來給父親的信卻說：「據聞此男子好賭，屢勸不改，汝等宜謹慎。」事實上，在那年代，在美加等國家，年輕單身的華僑不少，有很多選擇。父親也嘗試勸阻他的繼母。但她不聽人勸，完全相信媒婆一面之詞，一意孤行。二姑姐看過那男子的照片，也覺頗合眼緣，沒有表示反對。嫁到加拿大後，二姑姐就後悔了。二姑丈在美國西雅圖市一間華人餐館打工，下班就與一班損友一起去當地賭場。二姑姐勸他要以家庭為重，他不聽。一九六八年，二姑姐因腎病，等不及換腎就去世了，留下一子兩女，幼女還未滿三周歲。二姑姐離世後，二姑丈並沒有收斂，依然流連賭場，欠下巨額賭債，最後被迫選擇上吊自殺。

香港和澳門人都喜歡炒股。鄧公承諾港澳回歸祖國後，港澳市民可以「舞照跳、馬照跑、股照炒」。在九十年代和二十一世紀初，互聯網還未普及，每逢工作天，銀行就擠滿股民，因此也特別開一兩個窗口幫股民買賣股票。聚集在銀行的股民有男有女，不同年齡階段的人都有，但大多是中老年婦女。她們神情緊張，眼睛盯著電腦或電視上顯示出的股市行情，尤其是她們想買賣的股票的價格變化。她們都是短炒，很少認真研究手中所持有的股票所屬的公司。更有甚者，有些股民只知股票的號碼，不知其所屬的公司，更不知所屬公司從事甚麼業務。根據調查，在銀行聚集炒股的股民，只有不足一成的人獲利，九成蝕錢。這樣的盲目炒股，與「十賭九輸」的賭博有甚麼分別？我有一個朋友，十多年前去世，留下孤兒寡婦，除了現金和物業外，還留下當年市值約五、六百萬港幣的股票，都是優質藍籌股。他的遺孀將手上持有的優質股票沽出套現，學別人短炒，炒的又多是沒有實質業績、年年虧蝕的仙股。不到三年，她的股票戶口只餘十多萬元。她從不賭錢，麻將都不打，但她在股場上的豪賭，比賭錢輸得更徹底。六年前，她把亡夫留下的房子都賣掉了。

其實，我也是賭徒。我從不賭錢，從不打麻將，但我是股民，退休後加入股民行列。一般退休人士會採取較為保守的買股策略，以優質藍籌高息股為主。但是，我反其道而行，只買高增長（也是高風險）股。而且，我還有一個執念，覺得「一鳥在手勝過百鳥在林」。我將全部資金押注在一隻太陽能股上，我押中了，在短短一年內，股價由五毛錢一股暴升至差不多十元，賺了幾千萬元。我在高位沽出大約八成手上持有的股票套現，旋即，股票如斷崖式暴跌，之後，停牌，被港交所除牌，我手上還持有一百多萬股。近兩年，因疫情被困在澳門，我又專注買賣股票。但是，我賭性不改，還是相信「一鳥在手勝過百鳥在林」，將九成資金押注在一隻環保股上，這次，又讓我押中了，股價在一年內升了五倍。我想，等股價升了十倍才減持套現。但是，我還是有點兒擔心：這隻股票不會被港交所除牌吧？妻子更擔心，我說：「妳放心，我不是賭徒，我買股票是投資，不是投機。我做足了功課，看了很多資料，才決定買入一隻股票。」是耶？非耶？我將所有雞蛋放在一隻籃中，這不是投機是甚麼？不是賭博是甚麼？自欺欺人！

四十多年前，內地實行改革開放政策，當年率先「下海」創業的人都是賭徒。他們放棄「鐵飯碗」，投入前途未卜、充滿政策變數的世界；勝算到底有多少，沒人知道，沒人有底氣，都是摸著石頭過河。我內地有一個小學同學原是公務員，鐵飯碗，他見改革大潮席捲全國，沉不住氣，也決定下海「賭一賭」！當年摸著石頭過河的先行者，有多少人最終能夠成功抵達彼岸？有多少人被急流或山洪沖走？沒有人知道，沒有人作出統計。大概不足一成的人最後成功上岸，不是十賭九輸嗎？我再也聯絡不上那個小學同學，茫茫人海，不知故人身在何方。我默默的祝福他，希望他成功上岸。

事實上，我們每個人都是賭徒。年青時，當我們決定是否繼續升學或出來工作，決定唸哪個專業或從事哪個行業，我們已將自己的前程賭上了。到開始談戀愛，談婚論嫁，我們更將下半生的幸福賭上了。讀者或許會說，對婚姻不滿意，我們可以離婚呀。正確，正如在百家樂枱上賭輸了，可以轉移到俄羅斯輪盤，但，輸贏的機率沒變，你可能會輸得更慘。同理，換個老婆或換個老公，並不一定成為人生贏家。

為了澳門的形象，我們叫賭場為娛樂場，你可以選擇不進入娛樂場，不在賭桌上賭錢。可是，真正的賭場卻是在人世間：職場、商場、官場、股場、情場……都是赤裸裸的賭場，你避無可避。

人生就是一場賭博，你（妳）押中了嗎？

六月二十二日

家暴

我無法容忍家暴——用暴力欺負老弱婦孺的行為。在當今世界，除了極少數的國家外，很少社會能夠做到真正的男女平等。在以男性為中心的社會，女性在社會和在家庭的地位都很低，所謂「男主外，女主內」是變相的將婦女困在家裡，成為男人的附屬品。婦女對家庭、兒女默默的付出，往往是被認為理所當然的，並未得到應有的感恩和尊重，更成為一些脾氣差的男人的發泄對象，被打罵虐待。在生理上，女人是弱者，應該受到男人的呵護和寵愛。打罵女人的男人都是儒夫、渣男，應該受到法律的制裁。婦女更應該勇敢的站出來，對家暴說不！一個文明社會，應該重視家暴問題，應該將家暴行為定性為刑事案，保護老弱婦孺。

「老吾老以及人之老，幼吾幼以及人之幼。」二千多年來，國人還是頗尊重孟夫子的教誨，尊老扶幼，極少對家中長輩和幼兒動粗，但是，對自己枕邊人的態度就不一樣了。在舊社會，男尊女卑，女人是男人的附庸、玩物。而且，嫁出去的閨女，不再是娘家的人了，縱然是大戶人家，對在夫家受到委屈、虐待的女兒，也愛莫能助。《紅樓夢》中迎春的悲慘命運，就是舊社會不幸女性的真實寫照。

令人感到遺憾的是，在當今社會，舊社會男尊女卑的傳統，陰魂不散，繼續傷害弱質女子，尤其在農村，家暴並沒有受到應有的重視和遏制。村民一般將家暴視為家事，認為打老婆是由於夫妻吵架而起，外人不能干預。農村婦女也多認為家醜不宜外傳，能忍則忍。殊不知，對家暴容忍，就是對家暴縱容。男人打老婆，打了一次，就有第二次第三次第四次……絕不會停手。打老婆的男人，不管是甚麼原因，都是懦夫、渣男，都不是人。對付家暴，女人唯一可以做的和應該做的事情，是提出離婚，並告上法庭，將男人繩之以法，絕不能心軟。女方的親戚、朋友，地方上的領導、幹部，更不應該做和事佬；為男方說好話，勸女方容忍男方的暴行，就是幫兇。

打老婆是舊社會遺留下來的惡習，現在是文明社會，我們豈能容忍？我們要對家暴說不，對家暴零容忍！

六月二十五日

雪

一九六五年九月中旬，一天上午，我正沿著樓梯上二樓，經過窗口，見窗外有十幾片白色的花瓣輕輕的飄落下來，有兩三片黏在窗門玻璃上，隨即融化，我猛然愣住了，張大了口，差一點大聲喊叫，不是花瓣，是雪花啊！真的下雪？二嫂說，加拿大九月下雪，這麼早？我還是有點不大相信我的眼睛。我怔怔的望著窗外，望著天空；雪花不疏不密的在空中飄蕩，倏忽，愈來愈密，鋪天蓋地，白茫茫一片。我連忙轉身下樓，跑出屋外，跑到草地上，張開雙臂，張大了口，讓雪花飄落在身上、頭上、臉上、鼻上、唇上、口上……落在口中，一陣清涼，瞬即融化。樹葉、屋頂、草地、行人徑、馬路……輕輕的蓋上了一張純白的被子，真乾淨，初雪清純可愛，美得不可方物，這還是凡間嗎？我在南方長大，從未見過下雪，這一天肯定是我無法忘記的一天。那一天也是我的生辰。自此之後，我愛上了雪，愛上了白色。

那年寒假（winter break），我在一間餐廳打工，做服務員，老闆是華人，年約四十歲。餐廳主營西餐，也有幾樣洋人喜歡吃的唐餐（炒雜菜、甜酸排骨、炒飯），二十四小時營業。餐廳長方形，有兩行卡位，可坐五、六十人，中間一條通道。餐廳離我住處不遠，步行二十分鐘，穿過雷城（Regina）的中央公園（Central Park）就到了。

雷城的冬天很冷，平均氣溫攝氏零下十幾度，有時更低至零下四十多度。我上的是夜班，由下午六時至清晨六時。加拿大的冬天夜長日短，還未到六點就差不多全黑了。我每天踏著街上疏落的燈光上班。我全副武裝，穿著一件又厚又重又老款（爺爺穿過）的風褸，穿上羊毛內衣和羊毛襪褲，穿上長袖恤衫和羊毛冷衫，繫上羊毛圍巾，戴上禦寒耳罩，但是，還是抵不住嚴寒的天氣；一出門口，被刺骨的朔風一吹，口鼻臉都凍得有點麻痹了。雷城位於北美大草原的中心，北望千里平川，看不到高山，北極寒流，在毫無阻擋之下，直撲雷城。街道兩旁都是一層或兩層高的平房，擋不住從大草原吹來的強勁的朔風，臉和鼻一陣陣刺痛，頂不住了，轉過身，用肩膊頂著寒風，將頭縮在大褸內，歪歪斜斜的倒著走路。

到了中央公園，空曠地方多了，風更大、更凜冽。公園看不到一個人，看不到一隻鳥兒，只看到十幾棵光禿禿的樹，樹枝和樹幹被一層晶瑩剔透的冰包裹著，可憐兮兮的站在路徑邊。我沿著那條彎彎曲曲的小徑走，只聽見風的呼嘯聲和我在雪地上（已結了一層厚冰）行走發出的「嘎嘎」聲響。我那時還未學會溜冰，所以，走在滑溜得不黏腳的冰上，步步驚心，本只需二十分鐘的腳程，卻走了大半個小時。在上班途中，偶爾碰上滿天飄雪，還是一樣的美麗迷人，我卻無心欣賞，因為怕一不留神，滑倒在路上，摔傷了或摔折了腿，真不是玩的。開工還不到一個星期，我已經滑摔七、八次了。

在六十年代，加拿大的餐廳一般都設置有一座好像冰箱大小的播唱機，大多放在近門口的地方。客人放入一個 quarter（二十五仙）硬幣，就可以點聽一首流行歌曲或一首純音樂，那年我在餐廳聽得最多的是貓王皮禮士利（Elvis Persley）和辛納特拉（Francis Sinatra）的情歌。

傍晚六時至八時的餐期，餐廳坐滿了客人。連我在內有三個服務員，都忙個不停。到九時，其他兩個服務員和廚房員工都下班了，全餐廳只有我和老闆。餐廳很靜，只有零星的客人。有客人叫餐，老闆自己下廚。每晚零時，當我坐在最後排的卡位吃餐的時候，差不多在固定的時間，一個穿了黑色風褸，年約四十歲的女人，會出現在餐廳。她先在收銀櫃枱（老闆坐在那兒）買包薄荷香煙，再走到放在收銀櫃枱對角的播唱機，放入一個硬幣。瞬間就聽到皮禮士利的「溫柔的愛我」（love me tender），然後走到最後的一排卡位（餐廳有兩行卡位）坐下來，離我只有四米。她沒有除下風褸，好像有點兒怕冷（餐廳有暖氣）。有一天，我見她的身體顫抖不停，她拿出一個針筒，在手臂上注射了一些甚麼，就不再顫抖了。她臉龐清瘦、蒼白，嘴唇塗了深紅色的口紅，更顯得她面無血色。她五官精緻，可以看得出她年輕時還是挺漂亮的。她坐了大約半個小時，點了杯黑咖啡（拿咖啡杯的手有點兒顫抖），吃了一碟沙律（salad）和一件火腿蛋三文治，就會有一個男人出現在餐廳，帶她離開。每次帶她走的男人都不是同一個人，年齡介乎四十至六十之間。

一晚，雪下得很大，很冷，氣溫降至零下四十多度，過了零時，還未見那穿著黑色大褸的女人出現。

已經有好幾天沒有見到她了，我有點兒好奇，有些不祥的預感，忍不住問老闆：「這幾天不見那個穿黑風褸的女人，她發生了甚麼事呀？」老闆淡然的說：「你說那個吸毒的妓女？早幾天晚上下大風雪，有人發現她撲倒在公園的小徑上，凍死了。」

餐廳外雪花飄飄，公園小徑兩旁淡黃色的路燈將雪花染黃了；看不到一個人，看不到一隻鳥，只看到十幾棵沒有穿衣服的滑溜溜的樹，在凜冽的風雪下佇立。那個可憐的女人有沒有化身成為其中的一棵呢？

六月八日

失聯

在雷城唸高三（Grade12）那一年，（註）坐在我前面座位的是我村裡的一個遠房兄弟Danny（文進），他在加拿大土生土長，卻會說一口流利的家鄉開平話，因為他的母親只會說家鄉話。Danny小我兩歲。

我們約好了畢業後一起開車橫過加拿大西部，雷城是起點溫哥華是終點，途經沙省（Saskatchewan）阿省（Alberta）和B. C.省。開的是Danny的一九五五年通用汽車生產的Pontiac，已經有十一年車齡的舊車，空調都壞了。車是自動波（automatic）。我們還未出來工作，身上的錢不多，只夠一日兩餐（麵包三文治）和汽油費，住不起酒店，所以，打算晚上在車上睡。事實上，晚上我們都輪流開車，每人開三、四個小時，不用開車的就睡覺。那年，我還沒有駕駛執照，

Danny只教了我三、四個鐘頭，他沒有教我泊車和倒車，只教我如何向前行駛。他說，懂得向前行駛就已經足夠了，因為，我們走的是橫貫加拿大東西部，由大西洋海岸的Halifax市至太平洋海岸的溫哥華市的一號高速，路很直沒有彎角，閉著眼開車都很安全。

我們選擇八月下旬出發，因為天氣沒有那麼熱（車裡沒有空調），並計劃九月初趕回雷城上大學（沙省大學，雷城校區）。我們下午離開雷城，很快，進入一號高速公路，向西行駛。

由雷城至阿省卡加里市（Calgary）的那段高速公路真的非常直和平坦。Danny見路面狀況好、天氣好，就讓我開車。我第一次在高速公路開車，心情緊張。我的老同學似乎對我很有信心，他仰臥在後座，閉目養神，瞬即呼呼入睡。那時候已經接近黃昏，太陽開始緩緩的降落，滿天都是紅彤彤、橘黃色的雲霞，看不到一點兒白雲或藍天。沙省位於北美大草原（prairie）的中心，是加拿大的糧倉，一望無際的麥田，被落霞染得橘黃中透紅，非常誘人。大草原風很大，吹得麥浪一波一波的高低起伏，向著我們吹襲過來，到了離我們不到十米，戛然而止。我極目遠眺，看不到山，看不到高地，只看到麥田，但又看不清楚哪裡是地平線，哪裡是麥田的邊際，因為都無縫連接在一起了。

由於是第一次在高速公路開車，又是無牌駕駛，所以，我不敢超速，也不敢開得過慢（怕引起交通警注意）；我老老實實的跟足交通指示牌所顯示的限速。不覺間已經過了一個小時，我突然發現，好像看不見一輛車，前不見有車，後面也看不見有尾隨的車，似乎整條高速只有我一個人在開車，覺得有點兒詭異。

更令我驚訝的是，我已經開了一個多小時，一條直路向西行駛，但是，太陽還是掛在地平線上，沒有消失，只向下移動了一小步。我正在百思不得其解，驀然想起，原來我在同時間賽跑呢！加拿大東西部有四個小時的時差，溫哥華的日落時間要比雷城晚兩個小時，難怪太陽老是不願意走。可是，最後，我們的「老爺車」還是輸給了時間，半個小時後，太陽完全消失在地平線上了。

在卡加里市停了大半天，探訪了住在卡市的一個表叔（我父親的表弟）。表叔開中餐廳，學得一手好廚藝，親自烤燒的燒鴨很好味，很受歡迎，一日賣五十隻（他自己定的上限），利潤很高。原來表叔也懂得「飢餓營銷」，還未到中午，五十隻燒鴨已經脱銷，餐廳門口還有人在排隊，很旺場；還未到餐期，餐廳已經坐了不少人。我們拿起了半隻（已斬件）表叔送的燒鴨，買了幾條麵包和幾瓶礦泉水，又出發了。

接下來的行車路線是由卡城經阿省省會埃得蒙市（Edmonton）入B. C. 省。離開卡城北上，我們再看不到草原，逼近眼前的是巍峨的高山和全年不融化的冰川。我們在埃市玩了一整天，意猶未盡。

進入B. C. 省境，又是另外一番風景。公路陡然拔起，彎路愈來愈多，靠山的一邊是高大筆直的杉樹，靠懸崖深谷的一邊有護欄。又輪到我開車了。我見山路陡削，不敢絲毫大意。很快，天全黑了，前面突然有紅燈閃個不停，原來碰上修路施工區，我還未來得及反應，車子已經開進了施工區。有一個工人走過來，用電筒照著我，揮手叫我倒車退出去，我頓時急了，因為我不知道怎樣倒車，我大聲叫醒在後座睡覺的老同學。我尷尬的離開駕駛座，讓座給睡眼惺忪的Danny。那個工友定神的望著我好一會兒，覺得有點莫名其妙，我那倉惶失措的模樣兒逃不過他的眼睛。幸好，他不是交通警，沒有權力查看我的駕駛執照。我仰臥在後座，很快就睡著了，實在太累了。好夢正甜，又被Danny叫醒了，又輪到我開車了。

我打起精神，開了大約十分鐘，正在向下坡路走，車速很快，我踏了一下煞車掣，但車子並沒有慢下來，反而更加速向下衝，我急忙再踏一下煞車掣，卻完全沒有反應，好像踏在空氣一樣，我心慌了，大聲叫：Danny! Danny! Help! 他一見情況，就知道發生了甚麼事，大聲吼叫：Calm down! Calm down! 我死死的抓住方向盤，還未緩過氣來，前面突然出現一個彎角，我全身側向一邊，抓緊方向盤，咬緊牙根，車身劇烈的晃動了一下，險些撞到公路邊的護欄。我被嚇得全身冷汗，雙腳發軟。轉了彎之後，路面開始平坦、朝上，車開始慢下來。我驚魂甫定，將車駛向山邊草地，車終於停下來了。

離開雷城第四天的下午，我們終於安全到達溫哥華市。在溫哥華玩了三天，探望了二姑姐（繼祖母的女兒）一家人和幾個朋友。

我們住在二姑姐的家。Danny 將車拿到車行修理。第三天的下午我們開始回程，趕著回雷城上大學了。

回程路上，無驚無險。我以平常心開車，反而更能好好的欣賞沿路風景。過了三天，近黃昏，又回到一望無際的大草原了，距離雷城只百多英哩。麥田好像一個穿了華麗服裝的貴婦人，比十天前更豐滿成熟，美得不可方物。可惜黃昏太短了，被麥田擎托著比鹹蛋黃還要圓的紅彤彤的太陽瞬間就消失不見了，因為我們是以每小時六十英哩的高速向東疾駛，加快了太陽下降的速度。

上一次見 Danny 已經是一九八〇年的夏天了。我離開加拿大去日本任教前，同妻子和兩個女兒去了一趟雷城。我們先去小鎮探望二哥二嫂，然後一起到訪我這個老同學。Danny 的父親已於幾年前逝世，比他小四、五歲的兩個弟弟已經成家立室，搬出去住了。他家裡只有他和他母親。他父親生前開了一間雜貨店（grocery store），樓上是住房，地庫堆放雜物，Danny 喜歡一個人住地庫。到訪老同學之前，從二哥二嫂處得知：Danny 大學本科畢業後，並沒有出外找工作，只留在雜貨店幫父母忙。七、八年前去大學唸法律，畢業後成功考到律師執照，但是，他並沒有從事律師這個高工資、賺錢的行業，仍然留在老店鋪幫他母親。二哥二嫂不能理解，其他親戚朋友也不理解，我和妻子也不理解。雖然我不知道怎樣開口，我還是開口問他：「為甚麼（why）？」他並沒有迴避我的問題，平靜的、沒有任何情緒波動的回答我：「我唸法律和考律師執照只是想證明給人看我這個人是有能力的，並不是因為自己是一個窩囊廢而留在雜貨店。我只想留下來照顧日漸年邁的母親，因為她不會說英語，我怕她被人欺負。」

十一年前，我和家人回到雷城參加二哥二嫂的鑽石婚週年紀念宴會。到 Danny 那間雜貨店找他，發現雜貨店不見了，原來的屋子已經換了主人。二哥說：Danny 的母親已經於幾年前去世，之後，他賣了雜貨店和房子，離開了雷城，但沒有人知道他去了哪裡。我猜測，或許，他覺得父母已亡，再無牽掛；或許，雷城再沒有令他值得留戀的地方。但是，我這個朋友往往特立獨行，做事出人意表，我無法猜想他現處何方，或在做甚麼事情。

希望明年（本應是去年，但因疫情而一再延期）返加拿大參加二哥二嫂結婚七十週年慶典見到 Danny，一個失聯了四十一年的老朋友。昨天晚上久久未能入睡，想起了 Danny 告訴我的一件趣事，他說：有一晚，他在地庫睡得正甜，夢見自己在大海飄浮，全身濕透，驚醒過來，發覺原來不是夢！地庫水管爆裂，地庫水深過膝，床褥浮起，自己還睡在床褥上，全身已經濕透了！Danny 是一個非常善良的人（a very kind person），也是一個妙人。非常想念他。

五月十六日

註：我在香港唸完高中，但要入讀英制大學，要多唸一年大學預科。而在雷城唸完 Grade12 就可以直接入讀大學，所以，我選擇在雷城唸 Grade12。

教授

近日，網上有一則報導性的文章：北大教授的基本工資加福利只有七千元人民幣，主要靠兼職的收入（往往數倍於工資），建議增加教授的基本工資，提高教授的社會地位。

我在大學任教四十年。初出道時，有一年，在美國馬里蘭大學 Baltimore County 校區任教。我住在近校園的一個黑人社區。鄰居早上見到我都親切的打招呼：「早晨！教授（good morning! professor）。」有一天，一個年輕人同我握手，微笑著說：「教授，很高興認識你。你是第一個住在我們這個社區的教授，我們很好奇和感到有點意外。」

美國人很尊敬教授，不過，他們只敬重有實力的教授。美國人尊重知識，認為教授擁有某個專業的知識，所以教授受到敬重，社會地位高。美國人更佩服名教授、學術權威，名教授的社會地位絲毫不遜色於國會山莊的參議員、超級大富豪或影藝界名人。

一九八〇年秋我到日本國際基督教大學（ICU —— International Christian University）任教。日本朝野是出了名的注重教育。日本明治維新之所以成功，很大原因是重視教育，提升全民素質，以教育興國。而我國同治中興，只追求船堅炮利，焉得不敗？八〇年的日本民意調查顯示，日本國民最敬重大學教授，教授的社會地位不言而喻。在大學裡，教授也是備受尊敬的。行政人員見到教授都親切的打招呼：「早晨，先生！」或「日間好，先生！」在ICU三年，我從來不需要排隊坐校車，學生都爭著讓：「先生，您先上。」

八十年代中，我回到港澳大學任教。根據民調，同日本人一樣，香港人最敬重大學教授，而不是腰纏萬貫的富豪，也不是擁有高收入的大律師或醫生。澳門沒有類似的民調，但根據我個人的體會，澳門人對大學教授還是蠻尊敬的，尤其是在八、九十年代的澳門。

一九九〇年，我偕同一位同事約談訪問澳門的政治和社會精英。我們計劃訪問五十人，包括後來任特首的何厚鏵和當時中華總商會會長馬萬祺和政府高官、立法會議員。沒有一個人拒絕受訪。

馬萬祺先生還送給我一本他用毛筆簽名的《馬萬祺詩詞選》。還有一段小插曲。我們約談一個青年才俊，一個冉冉上升的政治明星（那年澳門剛進入回歸祖國的過渡期），是澳門三大家族之一的未來接班人。他提出到我的辦公室接受訪問。他有問必答，也不迴避政治敏感的問題。臨別時，握著我的手説：「多謝教授的訪問！希望我的回答能幫到您。」我愣了一下，心裡想，如果內地的政治精英、高層領導都這樣的尊敬教授、尊重知識，何患中國不興？何患中國不強大？

一九九〇年，有一次，我回國與北大教授作學術交流，在一座新蓋的教學大樓（由香港某商人出資興建）等候乘電梯，電梯到了，學生蜂擁而入，電梯滿人了，我們無法進入，我望了一眼站在我身邊的北大教授，他對著我苦笑了一下。在那年代，國內教授還未受到應有的尊重。

內地喜歡稱呼教授為老師，我沒有意見，因為「老師」這個稱謂含有敬意。但是，在內地，「老師」也真的是太過泛濫了！稱呼中小學和幼兒園教師為老師，我完全同意，但連很一般的藝人、歌星、主播都叫「老師」，就有點兒濫了。港澳人稱呼中小學、幼兒園教師「先生」（不分性別），稱呼大學教授「教授」。我覺得「先生」比「老師」好，更能表達對從事教育事業人士的尊敬。國人不也是稱呼文化名人（如魯迅）先生嗎？教育是立國之本，興邦之關鍵，稱呼教師一聲「先生」，也是應有之道。

大學教授有雙重身份：教授知識和創造新知識。教授專業知識，薪火相傳，承先啟後，是每一個教授的基本責任。但是，如果不從事科研、創造新知識，那麼，我們同中小學、幼兒園老師有甚麼分別？大學教授是學者，不是教師（**teacher**）。

不記得是哪一年。哈佛大學校長在一次學生畢業典禮上説（大意）：「我雖然是校長，但我只是個後勤工作人員。在大學，真正的主角是教授，我只是配角。」日本大學的校長可能也會這樣說，港澳大學的校長也可能會這樣說，國內？情況有點兒複雜。內地大學校長肯定會同意自己只是配角，因為他們從來都不是主角，但，有別於哈佛，真正的主角不是教授，而是黨委書記，大學的第一把手。這是中國國情。

在美日或歐洲一些國家的大學，院長或系主任的職位是燙手山芋，行政工作太費時傷神了，而且又容易得罪人，所以沒有教授願意做，他們更希望有多些時間從事科研工作。在我國，學而優則仕，受傳統「官本位」文化的影響，不少教授非常熱衷於院長或系主任的職位，更夢想一朝成為校長或黨委書記或政府高層領導的幕僚。

今天是文革五十五周年紀念日。在那些年，知識是罪惡，學者、教授是「臭老九」、「反動學術權威」，被打入另冊。無數學人被迫得走投無路，有選擇結束自己生命的，也有選擇委屈求存，決然斷然地將自己的手稿、文墨、文物收藏付之一炬。文革是一場文化大災難。我認識沈尹默的一個孫女，她說，紅衛兵到來抄家的前夕，她爺爺將自己的書畫和藏書一把火燒光。他和哥哥偷偷的留下幾幅書畫。我手上有一幅她送給我的沈尹默的墨寶。

八十年代改革開放，全國向錢看。在資訊時代，誰能掌握準確的資訊，誰就能掌握到先機（或商機）。資訊就是知識，易言之，知識不再是罪惡了。不過，被文革折騰了十年，幾乎滅頂的知識分子，還是猶有餘悸、底氣不足。而內地社會對知識分子的態度也不可能一下子作一百八十度的大拐彎，教授的社會地位還是極需要提高的。

提高教授的基本工資，無疑有助於提高教授的社會地位。但是，縱然將教授的工資待遇倍增，也不能與年薪過百萬的大公司、大企業高層相比，更不用說年收入過千萬的影藝人和歌星了。只有全民尊重知識、尊重學術研究、尊重學術權威，教授的社會地位才會真正提高，受人敬重。

七年前，我在江門新會大澤鎮養殖雞鵝羊，有村民對我說：「教授，您好！很高興認識您，您是我認識的第一個博士、教授。」村民早上見到我，都熱情的打招呼：「教授，早晨！」這場景，似曾相識，卻是四十多年前的事了。近年，農村重視科學養殖、科學種植，知識就是財富，知識分子又吃香了。在共和國，農村往往是新政策、新風氣的突破口，這回，教授是真的有戲了。

五月十六日

學者

大學教授不一定是學者，只教學而不做學術或科學研究是教師（teacher），不是學者（scholar）。只有從事嚴肅的學術或科學研究的教授或研究員才配得上學者這個稱謂。古代強調博學，近世強調專業。古代學科分工沒有現在這麼細碎，用現在的術語，古代大儒或大學問家都是跨學科的牛人。不少人都詬病現在的學科分得過細，學者都在鑽牛角尖。但是，在歷史長期的積澱下，可供學者參考的論文、資料和文獻汗牛充棟，學者畢其一生都未必能全覽。故此，如不專注鑽研某學科或某專題，很容易流於博而不精的尷尬。當然，世上也有天賦異稟的奇才，能夠在不同學科或領域都取得不錯的成就，他們是當代的大儒大學問家大科學家。不過，他們是極少數，百年一遇的天才。

學術和科學研究強調原創性。甚麼是原創性？我唸的是社會科學，對自然科學不熟悉，下面是我對我所熟悉的學術領域的一些看法。社會科學的原創性不是指憑空虛構出來的東西，那是文學創作；我們都是「站在巨人的肩膊上」，以前輩學人的研究成果為基礎，加上自己的創意，開拓新的研究課題或領域。我們是參考（不是抄襲或剽竊）前輩學者的研究成果，所以，對不是自己原創的東西，都以註釋表明出處。用當下的術語説，是尊重知識產權。

社會科學研究著重思考。在參考有關學術專著、論文後，再經過慎密的思考，找出有關研究的空白或需完善的地方，擬定一個有顯著意義（significant）的研究項目。社會科學家一般是憑個人的力量獨力進行學術研究，但也有學者組成研究團隊。我認同「沒有調查，沒有發言權」這個説法。我泰半的學術研究都是實證研究。

一九九六年，我得到了香港浸會大學的研究資助，開展了「中國藏區現代化」課題研究，並於同年六月至九月組織三組調查人員共十多人，分別在西藏的拉薩、那曲和山南、甘肅的甘南和四川的甘孜幾個研究地點作入戶調查，一共成功訪問了五百八十戶藏族人民。研究人員分別來自香港浸會大學、中國藏學研究中心、中山大學、四川藏學研究所等學術機構。研究人員也來自不同學科：政治學、社會學、人類學、民俗學、歷史學等等。研究成果《中國藏區現代化——理論、實踐、政策》於一九九九年由中央民族大學出版，其後中央對藏區的經濟發展政策都有參考拙著（合著）的調查數據。去過藏區的人都知道，西藏自然環境惡劣，日夜溫差大；九月份，白天艷陽高照，氣溫高達三十度，入夜溫度卻急速下降至零下。由我帶頭的小組負責西藏牧區的調研，晚上在當地牧人的帳篷過夜。帳外朔風很大，呼嘯聲不絕於耳；刺骨的寒氣從草地滲入，帳內沒有暖氣，徹夜難眠。

做學問不能急功近利，要踏踏實實的做。八十年代初，我在日本國際基督教大學（ICU）任教。日本人做學問是出了名認真、嚴謹。我有一個同仁研究印度國父甘地的哲學思想，我在ICU三年，他都在做同一個課題。日本學者有一個共識：五十歲之前不出版學術專著，當然，他們也在學術期刊上發表論文，但數量不多，重質不重量。有些學者一生可能只寫一本專著，但很有影響力，幾十年之後仍然有參考的價值。一天，一個研究中國近代史的日本同仁對我說：日本學者很認同中國人所説的厚積薄發、大器晚成。

不少中國學者倒忘記了「厚積薄發」這句古訓，不肯踏踏實實的做學問。為了爭取盡快晉升為教授，不少年輕學者將未成熟或不夠嚴謹的研究成果發表在學術期刊上，重量不重質。更有甚者，剽竊別人的研究成果，改頭換面，以自己的名義發表，真的是有辱學者之名。成功晉升為教授之後，學而優則仕，爭取上位，爭取成為系主任、院長、校長。達到目的後，不再做學術研究；或組織研究團隊，以研究生為班底，自己不參與實際的研究工作，卻以「編者」或以第一作者的名義出版專著。他們已忘記「初心」，不再是學者，是「偽學者」。

學術研究應該是無禁區無國界的，但在內地，學術研究是有禁區的。隨便舉個例，文革過去四十多年了，至今仍是一個學術禁區。在港澳兩個特區，在「一國兩制」的庇護之下，還是有學術自由的。不過，經過二〇一九年的社會運動，我在香港的大學朋友不敢再做敏感的政治課題了，香港的出版社也不敢再出版涉及敏感題目的專著。而澳門一些學者在澳門回歸祖國後亦多了顧慮。退休後，我也很少做嚴肅的學術研究，現在只寫一些輕輕鬆鬆、風花雪月的非學術性文章。

學術無國界？只有瘋子才會相信。有外國人不信邪，進入藏區或新疆維吾爾族人聚居的社區調查研究，結果被標簽為外國「間諜」，被當局遞解出境。（當然，也不排除這些人是真的為某國蒐集情報的「間諜」。）對此，我深有體會。在九十年代，我深入藏區和新疆維吾爾族人社區做調查訪問，箇中的糾葛和碰到的困難一言難盡。還好，我並沒有被遞解出境。根據我的一個內地博士生對我透露，我被有關當局定性為「海外愛國學人」。俱往矣！一切都是過去的事情了，不再提了，我也不再是學者，現在的我，只談風月，不談國是。

五月十七日

言責

古代有諫官之設，有進言勸諫的責任，即言責。先祖余靖在宋仁宗朝任諫官。據史載，有一天，宋仁宗下朝回來，向皇后抱怨：朝上有一諫官，近距離同他説話，滿身臭汗，口沫橫飛，噴到他的臉上。那個諫官就是余靖。宋仁宗是著名的仁君，有容納不同意見的雅量。如果余靖在明太祖朝當官，這樣對皇上進言勸諫，恐怕早已人頭落地。也是因為宋仁宗能容人，與余靖同朝任官的范仲淹才能豪情壯語地說：「先天下之憂而憂，後天下之樂而樂。」在今朝，身為中國人，國家興亡，匹夫有責，我們學者有言責嗎？

一九五七年，偉人（內地網絡語言）發動反右運動，「引蛇出洞」，以言入罪，將千萬人打成「右派」，一九六六年再發動史無前例的文化大革命，所有異類的思想和言論都是反動、反革命，全國噤若寒蟬。偉人的實際接班人鄧小平，在與英國人談判香港回歸祖國期間，對來訪的港澳商人說（大意）：「港澳回歸後，你們可以批評中國政府，甚至可以罵共產黨！」但是，根據民調資料，很多港澳市民都覺得回歸後的言論自由被逐步收窄，今不如昔。回歸後，澳門第一任特首何厚鏵定期（每隔兩個月左右）召集一班澳門學者和社會精英開會，徵詢他們對政府政策的意見。赴會者都踴躍發言。何厚鏵也很留心聽各人發言，並間中作筆記（雖然會議全程有錄音）。我亦積極進言，盡學者的言責。澳門新聞界也很重視這個會議。會議甫結束就爭相訪問與會學者和社會精英。可惜，繼任特首上台後便取消這個會議。據坊間傳聞，繼任特首沒有何厚鏵的氣量，這個我無從求證。看來，學者要盡言責，還要看在位者是不是「宋仁宗」。

自九十年代中開始，我專注研究藏區和新疆維吾爾族社區的社會和經濟發展。一九九九年出版專著《中國藏區現代化——理論、實踐、政策》，頗受有關當局重視。退休前，我還未完成新疆維族研究的課題。我曾經想過以餘生的精力完成這個新疆項目，並寫一本專著供政府有關部門參考。但是，經過再三考量，還是作罷。原因有三：首先，退休後已經同大學沒有直接關係，很難申請研究經費；其次，自己年事漸高，長途跋涉，獨自一人進行調研，身體不一定吃得消；其三，同九十年代相比，現在的新疆民族政策更強調穩定壓倒一切。在當地官員的監視下，受訪者（維族人）更不敢講真話，很難蒐集到真正有用的資料。這個向政府進言提意見的責任，還是留給年輕學者吧。言責還是要薪火相傳的。

近日，在網上看到一篇文章，是作者讀季羨林先生的《牛棚雜記》的讀後感。寫得很好，很有識見：「在人治之下，人性是經不起考驗的，也是靠不住的，社會的正常運行只有從制度上加以限制，才能有序、可靠，才能長久和有保障。否則，這樣的浩劫（余按：指文革）説不定甚麼時候就會有重複的可能。」

「一個民族，一定要有些脊樑，一些良心，才能長久延續下去。如果脊樑不願擔當，良心不能開口，這個社會離死亡已不遠了。知識分子是社會的良心。」

好一句「知識分子是社會的良心」！鏗鏘有力，好得很。

其實，引文的作者就是一個知識分子，社會的良心。如果有更多的知識分子站出來，發出正義的吼聲，上達中南海，效果一定會比個別學者的言責好無數倍，因為這是人民的聲音人民的力量啊！這，完全符合我國為人民服務的國情。

正如上述引文所說，在人治之下，人性是經不起考驗的，也是靠不住的，只有從制度上加以限制，才有保障，余靖和范仲淹在仁宗朝都曾因勇於言責而被貶。

五月十八日

大學生

我曾在美國、加拿大、日本、香港和澳門的大學任教。在美加日任教已經是上世紀七、八十年代的事了，香港和澳門比較近期，但我退休也十年了。所以，本文所記，都是陳年往事，僅是我長年教學生涯的點點滴滴和體會而已。教學生涯有苦有樂。

美國大學生覺得交了學費就應當得到相應的回報，所以，很少缺課，對教授的要求高。美國學生只尊重真正有實力的教授。他們很自信，上課時遇到有疑惑的地方就會舉手發問，甚至質疑教授，並提出自己的觀點。在美國教書很有挑戰性，壓力比較大，但也很有滿足感。其實，美國學生並不會刻意為難教授，只是好奇心和求知慾強，對教授的回答感到滿意，他們就會很有禮貌地說：「謝謝教授（thanks, professor）」。

美加文化差別不大，只不過，加拿大學生似乎缺少美國學生那種自信和霸氣。

日本學生與美加學生之間的差別就十分明顯了。我任教的國際基督教大學（ICU）是一間貴族學校，以文理科為主，女生比男生多。每年報考入學試的考生人數眾多，我在ICU的時候（八十年代初），考生四十取一，所以，學生的素質都不錯。我以英文授課（日本教授用日語授課），基本上無學生缺課。上課時，學生都專注做筆記，課室鴉雀無聲。學生很少在堂上發問，也從不在堂上質疑教授的觀點，一般都會等到下課後才向教授請教。他（她）們很珍惜入讀ICU的機會，讀書很用功。我在ICU三年，在我所教的學生中，沒有一個是成績不合格的。日本學生是出了名有禮貌，堂上堂下對教授都尊敬有加，在他（她）們的身上，我看到中國傳統的尊師重道、虛心求學的精神。在ICU的三年是我四十年教學生涯中最愜意的幾年。

我於一九八七年秋開始在東亞大學（一九九一年改名澳門大學）任教。八十年代，東亞大學是澳門唯一的大學，入學門檻高。那年代，大學教育還未普及，還是精英教育。學生很用功讀書，很尊敬教授。九十年代初，澳門進入回歸祖國過渡期。為了協助政府培養未來的接班人（接班澳葡政府），澳門大學開辦公共行政課程，分日班和夜班，夜班是給在職公務員進修唸的，後來並加開碩士班課程。我是課程主任。學生都很清楚這個課程的前景，都很自覺的用功讀書。他們沒有令我失望，更讓澳大順利完成培養澳門接班人的時代使命。三十年過去了，有一部份當年唸公共行政課程的學生已經退休，未退下來的多是政府部門的中高層領導。

一九九五年初，我轉到香港浸會大學任教。那時候，香港的高等教育已經開始普及，由六十年代的一間大學擴展至八間。入讀香港本地大學比六、七十年代容易得多了，學生的素質難免參差不齊。相比美加日澳（澳門）的大學生，香港（浸大）的大學生比較散漫，缺席率比較高；上課時亦見有大學生交頭接耳，或做其他事情，在我之前任教的大學中很少見有這樣的現象。也許，是我的講課不夠吸引；也許，這是普及大學教育的後遺症吧。

我對內地大學生瞭解不多。二〇〇七年，我在浸會大學退休後，在浸大珠海校區教了一個學期。我以英文講課。有一天，講民主政治，我以美國和中國為例，指出美國是一個自由民主國家，而社會主義中國不是一個民主國家，「民主集中制」與西方的民主政治風馬牛不相及。我在課堂上所講的是眾所周知的普通常識。下課後，有一個學生找我談話，說：「老師，你的講課很大膽很反動，是反革命言論啊！」我登時愣住了。浸大珠海校區的負責人擬聘請我繼續任教，條件不俗，並強調任期無上限，如果身體狀況許可，可以工作到七十歲或以上，相當吸引。但是，當我想起那個學生的警告，我婉言推辭。

五月二十日

藏族學生

我有兩個藏族研究生：卡爾來自甘南藏族自治州，達哇來自青海玉樹藏族自治州，都是於六十年代出生。當年浸會大學就只有這兩個藏族學生，其他香港高校似乎沒有藏族學生。達哇在我的指導下完成博士論文《藏傳佛教活佛》，寫得很好、很有創見。卡爾因為某種原因，只完成碩士課程。卡爾的氣質更近詩人，喜歡寫藏文詩，藏文書法也寫得很漂亮。他很喜歡唱藏族民歌，歌聲雄渾有力，可惜我不懂藏文。達哇和卡爾的家庭在解放前都是農奴身份，但他們的妻子都是出身於貴族。我沒有去過達哇青海玉樹的出生地，卻先後三次到過卡爾在甘南的家鄉。

卡爾的家鄉是半農半牧區。我第一次去是九六年秋。他家鄉離蘭州市有三百多公里，離州政府所在地合作市也有幾十公里，但因在山區，交通不便，從合作市到卡爾家，開小汽車也要兩個多小時才到達；在下雨天，山路泥濘，更不好走，要花上好幾個小時。我第一次去卡爾家鄉就遇上大雨，很狼狽。還好，第二天就陽光燦爛。

卡爾在北京唸大學本科，畢業後留在北京工作。父親已經去世，在老家只有他弟弟和他母親。他弟弟有自己的房子，是兩層高的木結構建築。地下是羊居住的地方，樓上住人，有兩房一廳，一家三口（他弟弟有一個兒子），頗寬敞。廁所在天台，露天，沒有抽水馬桶。卡爾的母親在離村十多公里的山區放養犛牛，很少回家。他弟弟一家養有六、七十頭羊，十多頭犛牛，還有幾畝可種植青稞的農地，在當地算是小康之家了。

他弟弟家所在的村落大約有五、六十戶人家。村裡有一間小學，只有一個老師，全校學生十多人，一至四年級學生都在一起上課，用藏文授課。唸五、六年級要到離村十公里的小鎮上課，唸中學就更要去合作市了。最不方便還是缺水。

每天清晨村裡婦女就走去離村一個小時腳程的山溪擔水（藏俗男人不擔水）。村的對面有一山坡，山不高，緩坡上芳草萋萋，是村民牧羊的地方。有空我便去山坡，看卡爾弟弟放羊。綿羊和山羊都溫馴可愛。我仰臥在草地上，望著無邊無際的藍天和不斷移動變化的白雲，輕風拂面，令人微醉。

有一天，卡爾陪著我到村裡蹓躂。見有一處人家正在蓋新房子，有一年輕女子在那裡幫忙，大約十六、七歲，我走近她，她猛然抬頭，我們四目交投，我整個人怔住了，是一個非常漂亮的女孩子。她五官極度精緻，紅彤彤的臉蛋吹彈可破，不施脂粉，麗質天生。小姑娘被我看得有點兒怕羞，低下了頭。一般藏族農村婦女，因為整天在強烈的陽光之下勞動，所以皮膚粗糙，老得快。但，如果換一個環境，她們可能比漢族婦女更好看。

卡爾見我樂不思蜀，邀請我於翌年藏族新年期間再到他老家玩。藏族人過年比漢族人過年還要熱鬧。村民在青稞地（青稞已收割）支起帳篷，白天歌舞飲宴，晚上睡在帳篷裡。那年的藏族新年比漢族春節晚了一個月，但二月下旬的晚上還是挺冷的，我在帳篷過了一晚，睡不著。藏人慶祝過年的高潮是賽馬，年輕小夥子，騎上蒙古駿馬，在青稞地上馳騁，馬蹄聲噠噠，彷彿回到古代。卡爾說，村民到現在還以「馬程」（騎馬所需時間）計算路途的遠近。

一天早上，我同卡爾在村裡蹓躂。走到半年前還在蓋房子的地方，房子已經蓋好了。卡爾與屋裡人相熟，我們入去坐了一會兒。我遊目四顧都不見伊人的倩影。我若有所失，問卡爾，原來藏人早婚，那個美得不可方物的藏族少女已經於兩個月前嫁去鄰村了，不知道是哪個小夥子有這個運氣娶得這個絕世佳人。

第三次我重遊故地，已經是二十一世紀了。我帶著大女兒、二女兒和大兒子到藏區旅遊，第一站是甘南藏族自治州。他們都是在美國長大，不懂中文，對中國的一切都很好奇，對藏族更感興趣。不過，我沒有同他們在卡爾弟弟那裡過夜，怕他們不習慣。他們禮貌上吃了一點糌粑，喝了一點酥油茶，但沒有喝氂牛奶，怕牛奶沒有經過消毒，不敢喝。

我沒有去過達哇青海玉樹的家鄉，卻去過他妻子在拉薩的家。達哇的妻子次英才仁家的房子有點像北京的四合院，屋中央的花園種有顏色鮮艷的花卉；房子大約有五百平方，配上典雅的藏族傢俬，頗有氣派。次英的家庭在解放前只是一個小貴族，很難想像大貴族的莊園的豪華氣派。

拉薩是西藏的黨政軍中心。九十年代，西藏還未完全對外開放，路上行人不多，晚上更是冷冷清清。但有一條主街，白天是黨政軍一條街，晚上卻是拉薩的紅燈區，不夜天，藏人戲稱為黨政軍妓一條街。有一晚，卡爾的朋友帶我們去一間酒吧喝酒。我們叫了個包廂，有年輕女郎陪酒，都是從四川來的姑娘。離開時，卡爾的朋友帶走了一個漂亮姑娘回酒店。據聞，藏族女子不會從事性工作，因為覺得性愛是雙方心甘情願，不能作為買賣交易。

我同卡爾和達哇仍有保持聯絡，每逢大節日都有相互祝賀。我唯一感到有點兒遺憾的是，他們都選擇在北京工作和生活，沒有回到他們的家鄉參與家鄉建設。不過，這是他們自己的選擇，必定有他們的原因，對此，我沒有說甚麼。我只在心裡祝福他們和他們的家人。

或許，兩三年後，我會帶著我最小的兒子和女兒再度重遊卡爾在甘南的家鄉。

五月二十二日

ICU

ICU（International Christian University），國際基督教大學，位於日本東京都三鷹市。原址是二戰時日本皇軍的軍用機場，日本戰敗投降，美國一間基督教會出資改建為大學。

ICU校園很美。正門大道寬六十多米，長五百多米，是原軍用機場跑道，兩旁每隔七、八米種有枝葉茂盛、不同品種的櫻花樹；四月下旬，櫻花怒放，鮮艷誘人，是東京都著名的賞櫻景點。每年櫻花季節，寧謐的校園頓時變得熱鬧非凡，正門大道兩邊的行人道都鋪滿了草蓆、地氈，日人帶備酒水、食物，扶老攜幼，坐下觀賞綿密得見不到陽光的盛放櫻花。但我更愛校園內那二百多株梅樹。每年春節前後，梅花盛放；有時大雪飄飄，一枝枝嬌艷嫵媚的紅梅被雪花壓得有點兒氣喘，弱弱的輕輕的擺動著，惹人憐愛。我住的大學宿舍的後園，約有兩畝半地，種有三十多株梅樹。每年二月，梅花盛開，地面鋪滿了雪，我帶著一家人到屋後梅園，踏雪賞梅。

我於一九八〇年夏開始在ICU任教，到八三年夏離開。在ICU這三年，是我四十年教學生涯最愜意的時光。

窗外濃密如綿的雪花，在淡黃色的夜燈影射下，如一幅掛在牆上的毛毯。是今年的初雪，下了差不多一個小時，還未見有停下來的跡象。我剛寫完一篇以中日關係為題的論文（article），正想收拾一下散開在書桌上的硬卡紙（我喜歡用硬卡紙記下資料），回家。聽到有敲門聲，我用英語說：「請進。」進來的是隔壁房間的阪田教授，一個在日本很有名氣研究中國近代和當代史的老教授。我連忙站起來，用普通話說：「阪田教授，請坐。」老先生用標準的普通話說：「我見你窗口有燈光，想找你聊聊，方便嗎？」我連忙說：「方便，方便！」

阪田：「據報導，胡耀邦總書記明天將會接見赴華學習的一千名日本青年，近年中日關係友好，雙方領導人亦時有會面，實在令人欣慰。」

我：「嗯，是呀！自九年前田中角榮先生的破冰之旅，中日建立邦交，中日關係便朝友好方向發展，令人鼓舞。」

阪田：「一千名日本青年訪華學習，令我聯想起一千多年前我國有不少青壯年學子、僧人負笈大唐帝國，學習大國禮儀文化，令我國人受益匪淺。事實上，我國人引以為傲的文化傳統，如茶道、花道、大相撲、圍棋、能劇、劍道、空手道、和服……等等，都是從中國傳過來的。中華文化源遠流長，深不可測啊！很羨慕你是中國人。眾所周知，漢字對我國兩千多年來的歷史、文化影響深遠。

之前，我們是沒有文字的。可以這樣說，沒有漢字，就沒有今天的日本文明。對中國，我國人至今還是非常感恩的。」

我：「老先生太過客氣了。其實現時的日本國，無論是綜合國力或經濟、科技都遠勝我國，『學無前後，達者為先』，我國倒應該向貴國學習。」

阪田：「哪裡哪裡，我們應該互相學習，互補不足，增進兩國之間的友誼。」

我：「是呀！鄧小平重新掌權後，實行體制改革，對外開放，勵精圖治，倡議社會主義市場經濟，但缺乏經驗，『摸著石頭過河』，很需要日本的資金和技術，我相信，中日關係一定會愈來愈好。」

阪田：「中日是近鄰，文化同源，世代友好，我也深信中日兩國會世世代代友好下去。晚了，不再打攪你了。」

我：「哪裡哪裡，老先生您不用客氣，正所謂聽君一席話，勝讀十年書，晚輩承教了。」

阪田教授站起身來，我開門送他回到他的辦公室，回頭再匆匆的收拾好書桌上的資料，急著回家。阪田老先生那句：「中華文化源遠流長，深不可測啊！很羨慕你是中國人。」至今還不時的鞭策著我，深感已是望八之齡，還是一事無成，真的愧為中國人。

雪還未有停下來，但已經沒有之前的綿密了。辦公室外的十多株梅樹被雪花蓋著。還不到梅花盛開的季節，但掛上雪花的梅枝，翠綠可人。東京的冬天不太冷，不像加拿大，更何妨現在才是初冬，雪花並沒有結成冰塊包裹住樹枝，倒被枝葉擎托著，在風中搖曳生姿。地上積雪半尺，我一路上踏著軟軟綿綿的雪地，朝著家的方向走。

我住的教授宿舍是一間日式平房，離我的辦公室很近，步行只需三、四分鐘。門口那棵高大的銀杏樹也披了一件雪白的外衣。屋內還有燈光，妻還未睡，已經差不多十二點了，平時妻子是十一點上床睡的。我拉開屋門，**Benjy** 搖著尾巴歡迎我。**Benjy** 是一隻非常可愛、全身雪白的純種北京狗，是一個日本教授夫人送給妻子的，我們一家人都喜歡得不得了。

妻子思麗在大廳的燈光下織羊毛衫。

我：「對不起，我回家晚了，剛才同阪田教授聊了大半個小時。怎麼還未睡？等我？有事嗎？」

妻：「我今天下午去醫院做了檢查，醫生說，我懷了一個男孩，你要這個孩子嗎？」

我：「不管是男孩或女孩我都要。」

我輕輕的進入天慧和天敏的房間，睡在榻榻米上的兩個女兒，睡得很甜，很安祥。那年，天慧六歲，天敏四歲。天慧在大學附近的日本國際學校（**International school in Japan**）上學，天敏則上大學附設的幼兒園。第二天下午，我還要去天敏的家長會。

幼兒園的家長會其實是一個開放日，讓孩子的父母有機會參觀和瞭解孩子的學習環境。幼兒園老師只說日語，天敏三歲上幼兒園，不消一年，說得一口流利的日語，如說母語。

參觀完室內的教學設備，老師帶我們去屋後參觀幼兒園設置的兒童戶外遊樂場。幼兒園後面一大片草地，種有十多株梅樹。十一月初的天氣不冷，天朗氣清，中午猛烈的太陽已經將掛在梅樹上的雪完全融化了，草地上也只留下薄薄的一層殘雪，可愛的小草也露出頭來了。

家長會是在幼兒園下課後舉行的，而且日式教育鼓勵親子活動，我也拉著天敏的手在草地上散步。草地的北邊被一排高約一米半的灌木圍著，外面是民居，不屬於大學校園範圍。我正極目遠眺園外景色，天敏突然拉了拉我的衫角，輕輕的說：「爹哋，爹哋，我要小便！」我連忙抱著她，急步想走回幼兒園，離我們幾步遠的幼兒園老師見狀，同天敏說了幾句（她們說日語，我聽不懂），然後從我身上抱過天敏，放她在草地上，蹲下來，拉開她的內褲，尿液已經開始流出來，流在雪地上，形成一條淡黃色的小溪。我愣住了，有點兒尷尬，在旁的美女老師朝我望了一眼，微笑點頭，態度自然，沒有絲毫異樣。

一天週末，我和家人外出，叫了一輛的士（那時我還未買車），司機在途中停下來，下車，對著路邊的草地小解，旁若無人，那是一九八一年，四十年前的事了。據聞，現在日本已立法禁止隨地便溺了，覺得不雅，有辱國體。

一天，我同政治系一位年輕同仁村上先生聊天，他剛從東京大學拿到博士學位，英語説得不錯，我們很投契，他説：「日本的俗文化認為，人出生時赤身露體，是與生俱來的，故此男女裸體相對，也是再自然不過的事，沒有甚麼不妥。我國到處都有公眾浴堂，男女同浴，見怪不怪。至於路邊小便，是生理需要，國人更覺得理所當然。」

一九八二年二月十四日，我如常於六點起床，帶著 Benjy 在大學校園跑步，校園內梅花盛開，嬌艷可人；跑了半個小時，回家洗澡，吃早餐，到八點，出門回辦公室，開始一日的工作了。思麗像其他日本教授太太一樣，全職家庭主婦，負責一日三餐和照顧、教養兩個女兒。思麗是一個非常稱職的賢內助和母親，把這頭家打理得井井有條，令我可以專心教書和做學術研究。

十點半左右，我正在上第二節課，政治系的系秘書突然出現在課室門口，很焦急的樣子，我連忙走過去，她以英語說：「余教授，你夫人剛入了醫院待產！好像有點兒麻煩。」我連忙向學生道歉，提前下課，趕回家裡，開著我那淺藍色的本田小橋車；趕到醫院的時候，天聰已經出生了。思麗後來告訴我，那天早上九點，她突然感到胎動，肚子痛得很，發覺破了羊水。幸好隔鄰橫田教授夫人桃子在家，桃子送妻子到醫院，那是三鷹市最好的醫院，我陪思麗去過幾次作產前檢查。到醫院不久就生下天聰了。但嬰兒比預產期早了兩個月，出生時體重只有三磅，而且黃疸指數高，要住院。我隔著玻璃，看到恆溫箱（incubator）的天聰，安詳的睡著，也就放心了。但思麗產後虛弱，醫生說要住院兩星期。

翌日清晨，我沒有如常帶 Benjy 去跑步，因為要為兩個女兒準備早餐和送她們上學。回到辦公室已經九點，比平時晚了一個小時。我打算在思麗從醫院回來之前，午飯和晚飯都同兩個女兒到大學飯堂用饍，我實在無法騰出時間來做飯。十一點四十五分，回到宿舍，正想開車去接天慧和天敏去吃午飯，見桃子站在她家門口朝我招手，我連忙走過去。她用英語說：「余教授，你不用去接你兩個女兒了，Steel 教授（歷史系美國教授）的夫人 Betty 去 ISJ（日本國際學校）接她的女兒的時候會同時接 Orlena（天慧）；另外，高橋教授（經濟系）夫人幸子會接 Andrea（天敏）回來，她的女兒也在唸幼兒園。」我怔住了，一時還不知道如何回答，桃子接著說：「我和大學幾位教授夫人商量好，我們每天會輪流為你和你的兩個女兒準備午餐和晚餐，直至你的夫人 Joyce 從醫院回來。」我被桃子的一番說話感動得眼角有點兒濕了，我說：「非常感謝妳們，在我們最困難無助的時刻，妳們伸出援手，妳們真的太好了！」

兩個星期後，思麗出院回家，兩個月後，我們去醫院接天聰回家，一家人團聚。八二年的冬天不冷，櫻花季節提前一個星期到來，校園正門大道兩旁櫻花怒放，鮮艷的花瓣隨風起舞，遊人席地而坐，觀賞一年一度盛放的櫻花，校園頓時變得熱鬧非常。

八三年七月，我們依依不捨的同東京話別，離開大學校園前，將Benjy送給日文老師草野先生。Benjy好像預感到即將到來的分離，掙扎離開草野的懷抱，撲向天敏（小女兒最寵牠），天敏抱著牠，已經淚流滿面！到機場，天慧幫妻子拿行李，天聰已經一年零五個月大，揹著背包，屁顛屁顛的跟在兩個家姐後面，萌噠可愛。

九月二十三日

中國人的特性

「中國社會類似中國的一些風景，遠看很美麗，很迷人。然而走近了，總是發現許多破舊和令人生厭的地方，彌漫著難聞的氣味。」

「中國人缺乏的是人格和良心。一些中國官員經不住賄賂和誘惑，不能拒絕辦理一些錯事，他們認為這些事情永遠不會被人發現，因為只有『天知、地知、你知、我知』。」

——亞瑟·亨·史密斯（Arthur H. Smith），一八九四年

在上面的引文，史密斯所描述的是十九世紀末的中國，但是，我們並不覺得陌生，更有點兒錯覺，以為他所描述的是當今的中國。

史密斯是「中國通」，在出版 Chinese Characteristics《中國人氣質》（或譯《中國人的特性》）之前，已經在華生活了二十二年。他根據自己的親身經歷、見聞和細緻的觀察，認為中國人的特性有：愛面子、缺乏時間觀念、頑固、守舊、麻木不仁、虛偽、缺乏公共精神、缺乏同情心、缺乏誠信、互相猜疑……等等，等等。

魯迅先生是頗重視史密斯這本專著的。在他逝世前十四天，他寫下：「我至今還希望有人翻出史密斯的《支那人氣質》來。看了這些，而自省、分析，明白那幾點說的對，變革，掙扎，自做工夫，卻不求別人的原諒和稱讚，來證明究竟怎樣的是中國人。」然而，時隔八十多年，魯迅先生的這個遺願始終未能完全兌現，書是被翻譯出來了，但國人沒有如他所要求的自省，因為中國人的特性缺乏自省。至今我還沒有看到一本由國人寫的對十年「文革」動亂作全面、深入的自省、分析，季羨林先生的《牛棚集憶》點到即止，如隔靴搔癢。誠然，中國國情亦不會容許國人對文革作深入的反思。魯迅先生毫不留情地狠批中國國民的劣根性。在他的不朽名著《阿Q正傳》中，魯迅形象地將中國國民性格弱點裸露無遺：精神勝利法、面子、看客心理、自尊自大與自卑自賤的奇特混雜、羊面前表現獸性、獸面前表現為羊性的奴才習慣以及愚昧麻木，等等。（註）很明顯，魯迅先生對我國國民性格的看法是受到史密斯的影響。

與魯迅相反，林語堂先生對中國的國民性格持比較溫和和肯定的看法，在他的經典名著《吾國與吾民》，林先生認為我國國民性格的特徵是：穩健、純樸、愛好自然、忍耐、無可無不可、老猾俏皮、勤勉、儉約、愛好家庭生活、和平、知足、保守、幽默，等等。比較魯迅和林語堂兩位先生對中國人性格的描述，令我看懵了，他們所說的好像不是同一個國家的人啊！在林氏筆下，「老奸巨猾」的國人都變得「俏皮可愛」了，林先生也真夠幽默，難怪《吾國與吾民》如此受國人歡迎。

最令人費解的是，林先生覺得國人很有幽默感。眾所周知，我國國民性格最缺少的就是幽默，被外國人批評兩句，愛國網民、憤青就勃然大怒，拉長面孔，打起「戰狼」鼓聲，全面反撲，將對方罵得狗血淋頭，哪有丁點兒幽默？林先生真高人，反話正説，不愧是幽默大師。

台灣作家柏陽所著的《醜陋的中國人》自八十年代出版後，洛陽紙貴，在香港、台灣和內地一版再版，成為八十年代最受爭議的書。但是柏陽除了強調中國國民性格的黑暗面，如窩裡鬥、死不認錯、浮誇和不容於異己，就沒有甚麼獨特的見解。柏陽對國民性格的負面看法，備受新儒家的批評（其實，魯迅對國人的看法更負面，但沒有人敢批評魯迅，在國內，魯迅是碰不得的，**untouchable**）。新儒家認為，柏陽所謂「醜陋」的國民性格，並不是中國的主流文化，而是近百年來被扭曲、破壞了的文化產品。

在史密斯、魯迅、林語堂和柏陽之後，我看過幾本由外國人和中國學者所寫的有關中國國民性格的書，但大多無新意，只重複上述四位先生的觀點，或只略作修改，或注入新資料（如假藥、假酒和劣質奶粉）而借題發揮，無限上綱上線的鞭撻我國國民性格，但，項莊舞劍，意在抹黑中國。如，有學者認為，中國的

「畸形」崛起令全球文明遭劫：「由於中國崛起乃主要靠當局控制的十億奴工，嚴重破壞了國際間的公平貿易，令全球文明地方的生產事業無辜焦頭爛額……」云云。對中國國情稍為瞭解的讀者都知道上述的指控毫無根據，瞎扯。幾年前我返內地從商，聘請員工不容易，聘請有能力的專業人士和技術人員更不容易，基本上是僱員的市場，僱主要出高薪和高福利才留得住人才，哪裡來的十億「奴工」？

其實，研究國民性格從來不是一個嚴肅的學術課題，因為我們無法論證有關論點的真偽，如瞎子摸象，各說各話，沒有對錯，只有差異。因為，沒有一個人看得清全部，包括上述史、魯、林、柏諸先生的高見，都是以偏概全，一家之言而已。

與兩三友朋，茶餘飯後，吹水聊天，東拉西扯，比較我國同其他國家的民族特性，不亦樂乎？不是有他國國民自己撰寫的《醜陋的日本人》、《醜陋的美國人》、《醜陋的英國人》……嗎？別人都懂得自嘲，自我幽默一番，並引以為樂，我們多一點兒幽默，行嗎？何必老是拉長面孔罵人？何必較真？

六月五日

註：有關魯迅對國民性格的觀點，我參考王潤生著《我們性格中的悲劇》，貴州人民出版社，1988，頁35；和李澤厚著《中國近代思想史論》，北京人民出版社，1979。

小城澳門

一九五五年十二月我隨家人從廣州乘船到澳門，這是我第一次踏足澳門。那天天氣很冷，晚上我們到平安戲院看電影——《黃飛鴻大鬧佛山》（關德興、曹達華、石堅主演）。那年我才十一歲，對澳門說不上有甚麼印象，只覺得澳門的街道比廣州的狹窄和破舊。兩天後，我們離開澳門去香港定居。當時，我完全沒有意識到我的下半生將會在這個小城度過。

一九八七年秋，我開始在東亞大學（澳門大學前身）任教。自此之後定居澳門，以澳門為家，期間雖然有十三年任職香港浸會大學，但仍然每個週末返回澳門與家人共聚天倫。往往更思家情切，早出晚歸，乘坐即日噴射船來回港澳兩地。我最小的兒子和女兒在澳門出生，是土生土長的新生代澳門青年。三十多年來，我見證了澳葡殖民地統治和澳門特別行政區的政治、社會發展。

東亞大學位於氹仔的東北角臨海高地。校園依山而建，座山面海，樓房高低有致，很有氣勢和建築特色，有別於內地千篇一律、四平八穩的高校校園建築風格。八十年代，東亞大學是澳門著名景點，是不少訪澳旅客必遊之地。從課室東望是一望無際的大海，天色好的時候，隱約可以看到香港的大嶼山。向南望同樣非常開揚，遠眺是內地珠海市的灣仔和橫琴島；眼簾下是疏落的菜田、棄置荒地、連接路環島的一大片紅樹林和在紅樹林棲身的候鳥群，還有那富有廣東小村落建築風格的氹仔小鎮。全島唯一的高層建築是座落於澳門賽馬車場旁的伯樂花園。三十年後，在原地俯視，伯樂花園已經完全消失在一棟棟的高樓大廈之中；呈現在眼前的，是令人目眩、金碧輝煌的世界第一賭城。不得不承認，澳門這三十多年來的變化是驕人的，令人難以置信的。澳門小城的故事就是一個傳奇。可以毫不誇張地的説，在世紀之交，澳門獲得一個千年一遇的發展契機，在回歸祖國後短短的幾年間，由於賭權開放和在中央的「自由行」政策的支援下，澳門經濟騰飛，人均收入一躍超越香港，排在世界前列。隨著澳門的華麗轉身，澳門的民情、政治和社會生態也發生巨變。

八十年代的澳門，民風純樸，人情味濃厚。我初到澳門，人生路不熟，有一次在十月初五街舊城區迷路，向一個本地人問路，他非常客氣，帶著我行了兩三條街，左拐右轉，直至達到目的地才離開我。去年在同一地點，我約了一個立法會議員做訪談，找了十多分鐘都找不到他的議員辦事處，向一間小商店老闆問路，他不耐煩的用手指一指方向，就忙於做其他事情了。

物換星移，時光流逝，澳門已經不再是五百年前的小漁村、一百多年前的鹹蝦埠、（註）三十多年前的不起眼和經濟落後的小城了。踏入二十一世紀，澳門回歸祖國後，澳門的政治和社會生態變天，同澳葡時期相比，已經面目全非，完全是另外一個截然不同的世界。澳門已經不再是一個民風醇厚的「熟人社會」，而是一個重現實、重功利的「陌生人社會」。

回歸祖國後，有別於鄰埠香港，澳門社會長期維持穩定（或超穩定）的局面，並同中央北京政府保持良好的關係，被中央譽為「一國兩制」的成功典範。我們發現「一國兩制、澳人治澳」在澳門之所以能夠成功實踐，澳門市民的愛國愛澳政治文化起到關鍵的作用。澳門人以慶祝節日的心情迎接澳門回歸祖國，並以身為中國公民為榮。大部份澳人對「一國兩制」和對中央政府從來沒有失去信心，從來沒有質疑中央落實「一國兩制、高度自治」方針政策的誠意，與香港民情大相徑庭。

三十多年前，我應聘來澳門東亞大學任教，剛年過不惑，風華正茂，書生意氣。那些年，我堅信只有民主政治才能解決社會民生問題，達到善治，對其他政治體制都嗤之以鼻。但隨著年齡的增長，人變得更成熟（或更圓滑）了，對事物的看法逐漸有所改變，學會了聆聽和容納不同的聲音；懂得轉換角色，從對方的角度看和分析問題。退休後，我離開學術界，更學會了以一個普通澳門市民的身份，而不是以大學教授的身份，去觀察和思考澳門政治、社會和民生的變化，令我發現了一個不一樣的澳門。

我飯後有散步的習慣，常到住宅附近的公園蹓躂。公園的東西南面被街道圍住，車輛川流不息；園的北面有一條寬約五米的行人道，將公園與相鄰的住宅大廈隔開。公園不大，但綠葉成蔭，設施頗為完備：有公共圖書館、噴水池、兩個小型足球場、兒童遊樂場、一間賣飲料和雪糕的小店、供成人健身運動的設施，等等。近黃昏，夕陽西下，公園遊人漸多；小童互相追逐的嬉戲聲，踢球青少年的吆喝聲，外傭媬姆的談笑聲，大媽阿姨載歌載舞的悠然音樂聲……。迎面一對年輕小夫妻，推著嬰兒車，逗樂寶寶，相視而笑，幸福滿滿的。園內的木椅，坐了不少「低頭一族」，享用著由澳門電訊提供的免費wifi。也有不少像我一樣的中、老年人，毫無目的地散步，時而東張西望，時而擺動手臂，時而彎腰用手按著腳拉筋。園外的行人道，放置有石椅，常見退休老人在下象棋，背後總是站著兩三個「軍師」，指指點點：回馬將軍啦，棄車保帥啦……爭相獻計；似乎，觀棋者比對弈者，局外人比局中人，更緊張和更在乎棋局的勝負。

呈現在我眼前的就是一幅澳門市民幸福生活寫真圖，圖中人物自由自在、各適其適、無拘無束、做自己想做的和喜歡做的事情。可惜我不是畫家，這幅「澳門市民遊園圖」或可媲美宋代張擇端的「清明上河圖」，雖然在氣勢上無法與張圖相比。然而，「遊園圖」只是部份澳門市民生活的縮影，是拼成「澳門盛世圖」的無數碎塊中的其中一塊，如果將所有碎塊拼成一幅「澳門盛世圖」，將具有南歐風格的建築物，世遺景點，富麗堂皇的娛樂場和新馬路市政廳前地、板樟堂、大三巴一帶水泄不通、摩肩接踵的人流，一一生動地呈現在畫卷上，在氣勢上不會比「清明上河圖」遜色。

有一天黃昏，我正在去公園的途中，一個年青人截住我做街頭問卷調查，她介紹自己是澳門旅遊學院學生，其中一個問題是：「您在澳門生活得幸福嗎？」我凝視著前面的公園，點了點頭：「幸福，好幸福。」

民主政治的終極目標是善治、改善民生福利、令人民生活得幸福。但民主政治不是唯一，亦不一定是最好的達至善治的路，澳門別具特色的「一國兩制」就是一個好例子。

但讀者朋友不要誤會，我並不是放棄對民主政治的追求。民主政治雖然有這樣或那樣的不足和缺陷，但在現存的政治體制中仍然是瑕疵最少，最令人嚮往的體制。社會主義中國亦將「民主」列為核心價值（僅次於「富強」）。不過，中國是一個有幾千年文明歷史的國家，政權性質的形成有其歷史及文化的原因，我們很難預測中國是否會及何時會蛻變成為一個民主國家。歐美國家的民主改革和發展都經歷過百多年甚至幾百年的不斷試驗才成功，而我國國情複雜，民主更不可能一蹴而就。很多香港和澳門人都嚮往民主政治，要求「雙普選」，但在港澳實行民主政治，前提是中國已經是一個民主國家，所以，我們只能在「一國兩制」的框架下，默默的等待。或許，我們應該給祖國更多的時間，正如法國大文豪大仲馬經典名著《基度山恩仇記》的結尾名句：「等待，但懷著希望。」

毋庸置疑，「一國兩制」在澳門的實踐是成功的。「一國兩制」是否成功不是由政府說了算，而是由廣大市民說了算。二〇一九年三月的民調顯示，七成的澳門居民同意「一國兩制和澳人治澳很成功」的説法，只有一成持相反意見。澳門和香港都是實行「一國兩制」，而兩地的《基本法》亦大同小異，為甚麼效果完全不一樣？甚麼是具有澳門特色的「一國兩制」？

筆者梳理和比較澳門和香港實踐「一國兩制」的經驗，發覺澳門「一國兩制」的「特色」主要體現在以下五個方面：首先，澳門人認識到並尊重澳門與內地是兩個意識形態和價值觀完全不同的社會的事實，有別於部份香港人的「仇共心態」，澳門人很少有公開批評中央政府對澳門的政策，普遍相信中央對澳門的政策都是出於善意，都是為澳門好。

其次，有別於香港的民情，澳門人重視民生福利和社會穩定，相對不十分重視民主政治。而澳門政府亦順應民意，將改善民生福利和維持社會穩定視為施政重點。特首的年度施政報告鮮有提及澳門的民主改革和發展。崔特首在任內最後的一份施政報告（二〇一九年）對澳門民主發展隻字不提。新上任的賀特首的第一份施政報告（二〇二〇年）對民主政治點到即止：「［回顧］二十年來，特區的民主政制有序發展。」至於澳門的「民主政制」是甚麼樣的，如何「有序發展」，施政報告就再也沒有提及。

其三，澳門人有強烈的愛國傳統，澳人歡迎與內地經濟融合，期盼早日融入「大灣區經濟圈」。不少香港人則質疑中央政府提出「大灣區經濟圈」背後的政治動機，擔心香港會被「內地化」、「一國兩制」變成「一國一制」。

其四，自從四百多年前葡人移居澳門以來，澳門華洋雜處，除了個別事件（如一九六六年「一二·三」事件）外，大致相安無事，和平共處。習近平主席於澳門回歸二十週年訪澳演講亦強調「融和包容」是澳門「一國兩制」的特色。相對於被撕裂和動盪不安的香港社會，澳門是一個超穩定的社會。

最後，亦可能是澳門「一國兩制」最大的特色：澳門人順流順溜懂得審時度勢，凡事順勢而為，不走極端，不執著於不可能實現（至少在短期內）的政治理想，欣然接受中央政府的領導和指示；而香港人則不太信任中央政府，部份年青人更劍走偏鋒，逆勢而為，為了堅持維護他們所認同和珍惜的核心價值——自由、民主和法治，甚至採取「勇武」（暴力）手段，同中央和特區政府對著幹。簡而言之，澳門「一國兩制」的特色就是緊跟中央、「穩」字當頭、穩定壓倒一切。

一句話，態度決定一切。「一國兩制」之所以能夠在澳門成功實踐，主要是因為澳門人對「一國兩制」持積極和肯定的態度，而澳門根深柢固的融和包容和愛國愛澳政治文化，更是「一國兩制」成功不可或缺的要素。誠然，澳門「一國兩制」並非完美，還有很多可以改善的空間，譬如，被人詬病的行政效率、大白象工程、官僚作風、任人唯親、官商利益輸送，等等。只有不斷的完善和創新，施政貼地氣以民意為依歸，澳門特區政府才會達到善治。

或許，一百年後，神州大地會蛻變成為一個開放、民主、自由、公平、公正和法治的社會，政府由人民選出來，人民生活幸福，國泰民安，到時候，澳門的民主政治自然水到渠成，夢想成真。

但我們不能確定中國民主發展的時間表和路線圖，因為我們手中沒有水晶球，無法預測百年後的中國，我們只能耐心的等待，心懷希望的等待。

三月二十八日

註：十九世紀中葉，澳門工商業不發達，與華貿易亦被英國人壟斷，當地漁民以製造鹹魚、蝦醬為生計。

疫情

二〇二〇年，新冠肺炎疫情席捲全球，世界上所有國家幾乎無一倖免。我國是一個中央集權的社會主義國家，疫情爆發後，迅速採取封城措施，防止疫情擴散，效果顯著，去年底內地新增案例曾一度錄得零。可惜，近日疫情再度反覆，今年初再錄得日增超過一百宗的本地案例。

由於各種各樣的原因，英美疫情慘烈，無論染病和死亡人數，都遠遠超過我國。

鄰埠香港亦深受疫情之害，不斷有間歇性的社區爆發，每日都有幾十宗新增案例，令香港特區政府疲於奔命，狼狽不堪。

澳門就幸運得多了，自從去年三月初以來，澳門好像被武林高手點了穴道，累積新冠肺炎案例停留在四十六宗，零死亡個案，直至今天都沒有新增確診。澳門為甚麼這樣幸運？

與朋友聚會吹水（聊天），半帶玩笑，大多將澳門的好運氣歸功於澳門風水好，因為澳門是一塊蓮花寶地、聚寶盆，凡事逢凶化吉，並舉二〇〇三年「沙士」一疫為例。當時「沙士」疫情在內地和香港社區爆發，而澳門只錄得一個案例（還是輸入個案），實在是玄之又玄，令人難以置信。這樣的好運氣，很多澳門人都歸功於風水玄學，因為在大多數澳門市民的眼中，澳門特區政府官員都是平庸、碌碌無能之輩。很多澳門人認為澳門政府官員的素質和能力遠遠比不上香港官員。香港在兩次疫情中都深受其害，澳門又憑甚麼能夠避過一劫呢？唯一的解釋就是澳門的風水好、運氣好。

我不是風水命相師，對於這方面的知識所知不多，不便置評。但是，總是覺得事情沒有這麼簡單。能夠避開一次疫情可能是運氣好，但是，兩次疫情都是有驚無險，都沒有失控擴散，就絕對不是單靠運氣好，更不是沒有科學根據的風水玄學所能解釋的了。

在兩次疫情中，我和我的家人都直接受到影響。內子是山頂醫院護士，在「沙士」一疫，她被安排看護澳門唯一的感染者。其後被隔離半個月，被安排住在澳門旅遊學院酒店。我留在家中獨自照顧兩個分別只有六歲和三歲的小孩，每天早上還要乘坐噴射船去香港浸會大學上班。

我帶上小孩去旅遊學院探望太太，好像探監（獄）一樣。我和小孩只能透過酒店大門玻璃看見她，囝囝和囡囡大聲叫「媽咪」，但是她聽不到，我們也聽不到她說話的聲音，只看到她的嘴唇在動，我們看不懂唇語，又不懂手語，完全無法與她溝通。我三歲的女兒急得嗚嗚的哭，淚流滿面，不斷喊叫：「我要媽咪我要媽咪！」令人心痛，令人淚目。我抱著囡囡離開酒店大門，行了一百多米，囡囡還是不停的用手擦淚，眼睛還是盯著酒店大門。我緊緊的抱著囡囡，一種強烈無助的感覺突然湧上心頭，我的眼角也有點兒濕了。

去年三月，已經二十歲在英國讀大學的女兒，因新冠肺炎疫情學校停課，從倫敦乘飛機返澳。到達澳門後被政府有關部門直接接送到路環一間五星級酒店住宿，所有費用包括一日三餐全部由政府負責。女兒在隔離十四日期間，我們不能探望她，只能將她需要的日常用品、衣服放在酒店管理處，然後再由酒店服務員放在她的房門口。

兩次疫情都給我和我的家人造成不便，但是我們並沒有怨言，覺得政府所做的措施、安排都是為了防止疫情擴散。我們身為澳門市民，有義務去配合政府的工作，共同努力，戰勝疫情。

在女兒乘飛機離開倫敦之前，我多次打電話給澳門政府「新冠肺炎協調中心」，查詢女兒到達澳門後的隔離和住宿安排。接聽員都很有禮貌和耐心，不厭其煩地回答我這個心急如焚的父親。

對於政府工作人員的服務態度，我是感觸頗深的。在澳葡時期，有一次，我去一個政府部門辦事，到詢問台查詢，工作人員正在慢條斯理的修剪指甲，等了一分多鐘，她頭也不抬，一句話也沒有說，也沒有目光交流，只用食指指一指前面一個辦事窗口。

上星期，我去鄰近的政府綜合大樓辦理在生證明。等候的長者很多，排隊長龍足足有二百多米。然而，我只等候了十分鐘。我走到辦事窗口，將澳門身份證交給工作人員，除下口罩；她望了我一眼，再看看身份證上的照片，點了點頭，不需一分鐘就辦好了，非常高效。負責維持秩序的工作人員，看見長者中有年紀老邁、行動不便或用拐杖的，都很有耐心的扶持著他（她）們直接去窗口辦理，場面十分溫馨感人。

再說說疫情。為甚麼被普遍認為素質高、能力強的香港政府官員面對疫情束手無策、進退失據，而被普遍認為平庸、能力一般的澳門官員卻能有效地控制疫情擴散呢？在這裡，我不想長篇大論比較、分析港澳當局處理疫情的手法，我只想說：「平庸」不等同於「一無是處」，有時候，一個平庸的人比一個精明（或自以為精明）的人更能處理好事情。以兩次疫情為例，澳門官員都唯唯諾諾，謹小慎微，如履薄冰，完全按照上級的指引，默默的，有條不紊的做好自己的工作。因為平庸，他（她）們不會也不敢提出與上級不同的意見；因為平庸，他（她）們對上司的指示不會也不敢陽奉陰違，只會老老實實的做好本份。結果是，效果出乎意料的好：澳門特區政府上上下下一條心，全心全力應對疫情，大獲全勝。

當然，澳門能夠戰勝疫情，自律服從的澳門市民功不可沒。自新冠肺炎疫情爆發以來，澳門人響應政府的呼籲，全民戴口罩，並自覺取消大型聚集和宴會。雖然自去年三月以來再沒有新增案例，澳門人仍然依照政府的防疫指引，出門都戴口罩。有一天，我正想進入大廈的電梯，差點碰撞到鄰室的李太，她沒有戴口罩，滿臉尷尬，好像很不好意思的樣子，從電梯衝出來，跑回家去拿口罩。我莞爾一笑，覺得澳門人真的十分樸實可愛。

我無意貶低香港政府或頌揚澳門政府。相信很多澳門人都會同意，總的來說，香港官員的素質和效率比澳門官員要高。但是，一碼歸一碼，在個別政策上，澳門政府做得不比香港政府差，控制防止「沙士」和新冠肺炎疫情擴散就是一個好例子。

二〇二一年一月十八日

（原文為《澳門政治文化縱向研究：傳承與創新》一書的〈書後〉）

我是誰？（一）

我是誰？中國人？香港人？澳門人？我上世紀四十年代出生於中國廣東省開平縣，一九五五年移居香港，一九六五年隨父母移民加拿大（同行的還有七哥和九妹），八十年代中返回香港，在港澳大學任教至退休。我持有香港和澳門永久性居民身份證，港澳居民來往內地通行證（用來進出內地用）和加拿大護照（出國旅行用）。在主觀上我認為自己是中國人，或更確切一點說，是居住在澳門的中國人。對於「我是誰？」從來沒有感到迷惘，亦不覺得對擁有多重身份有任何不妥或矛盾。

不過，我對「我是誰？」（或當被問「你是誰？」）的回答不是固定不變的，而是隨著所處地方或場景的轉變而改變。出國外旅行，被當地人問：「你從哪裡來？」我的回答是澳門；或被問「你從哪個國家來？」我的回答是中國。回到內地，常被問：「你從哪裡來？」或「你老家在哪？」我回答從澳門來、老家廣東開平。回到老家開平，同老鄉用家鄉話聊天，當被問「哪裡人？」我的回答是赤坎鎮；回到赤坎，我又變為鎮內某條村莊的人了。一九七二年夏，我同妻子回到離開了二十年的故鄉，重訪兒時唸書的小學。校長向全體員工和學生介紹我：「這位是我們的校友，加拿大華僑振先生。」我愣了一下，以為校長説漏了一個「余」字，但，瞬間，我明白過來了。全村人都是余姓，所以，校長稱呼我為「振先生」，不是「余先生」。校長短短一句話，就給了我幾重身份——校友，華僑，村裡人和振先生。

八十年代中我在東亞大學（澳門大學的前身）任教，很喜歡這個民風純樸、充滿人情味的小城（現在的澳門已經成為世界第一賭城，紙醉金迷，不夜天，民風不再是那麼單純了）。我以澳門為家已經三十多年了，（註）對澳門有很深的感情，以身為澳門人為傲。我年紀最小的兒子和女兒亦在澳門出生，土生土長，對澳門有很強的本土認同。他們對中國認識不多，沒有老爸的「中國情結」及濃鬱的鄉情，他們更多的認同自己是澳門人。

上面我以個人的故事為例，道盡一個澳門/香港居民對身份認同的心路歷程。但是，每個人有自己的故事；我的人生經歷不一定有代表性。我只想指出：人生經歷和體會對個人的主觀身份認同起到關鍵作用；而且，一個人擁有多重身份是非常普遍的，並沒有任何矛盾或衝突。我們不是同時是父親（母親）、兒子或女兒（如父或母仍健在）、丈夫（妻子）、兄（弟）、姐（妹）、上司、下屬、澳門（香港）人、中國人、亞洲人、地球人……嗎？

如果主觀意願可以決定一個人的身份，事情就簡單得多了，然而，「我是誰？」不是由「我」說了算，更多的時候，我們是「被」認同的。回歸前的香港和澳門居民，是英（葡）國殖民地的子民，在法理上不是中國公民或中國人。回歸後，根據中華人民共和國憲法和港澳《基本法》，我們被認同為中國公民，而港澳居民持有的外國護照只被中國政府視為旅行證件，巧妙的避開「雙重國籍」（中國政府不承認雙重國籍）的憲法性問題。然而，並不是每個港澳同胞都願意被認同為中國公民；雖然大部份接受政治現實，默默的接受中國人的身份，亦有不少（有條件的）人選擇移民國外，成為外國公民。

一個人的國家意識或國家認同不是與生俱來的，而是在成長過程中受到愛國教育的長期薰陶、潛移默化而積澱成的感情傾向。兒時我在內地唸小學，每天上課前在操場集合，看升旗禮，唱國歌。老師說我們是社會主義中國未來的接班人；那時候我年紀還小，不明白「接班人」是甚麼意思，但以身為中國人而自豪的感覺已經深深的植於我幼小的心靈了。學校禮堂掛了一幅世界地圖，中國位於地圖的正中位置，非常搶眼，而鄰近國家被「邊緣化」，面積相對顯得細小多了，這更加深我對祖國的崇拜；小時候我很喜歡上地理課，對神州大地的名山大川非常著迷，感到無比的驕傲。

其實，世界上其他國家一樣重視愛國教育。我在美國和加拿大大學任教的時候，我的小孩在當地所唸的學校也有升國旗奏國歌的儀式。更有趣的是，我發覺在美加印刷的世界地圖也將自己的國家放置在地圖的正中位置，突出本國在世界上的重要性。

有一年我去新西蘭參加國際學術研討會，在主辦大學的圖書館看到一幅很特別的世界地圖。一般世界地圖將北半球放置在上面，南半球在下面，所以新西蘭是在不甚起眼的南端。但展現在我眼前的地圖卻巧妙地將南北半球倒轉過來，新西蘭赫然出現在地圖的中央，非常醒目，令人嘆為觀止、不得不服。製作此圖的目的，不言而喻：就是讓新西蘭國民看到自己的國家並不是小國寡民或無足輕重，而是全球國家中重要的一員，激發國民的愛國心、以身為新西蘭人為榮。

在課室內，美加學校灌輸給學生的是自由、民主思想，並讓學生親身體驗民主選舉的過程。有一年，我在美國工作，正在唸小學五年級的大女兒參與競選班長。她組織了一個由五個人組成的競選團隊，在課室貼滿標語（競選政綱），積極拉票，雖然最後還是以兩票之差落敗，但她還是很興奮，並祝福獲勝的對手。

美加的中小學課程都設有歷史和地理課，強調建國領袖的豐功偉績及祖國的壯麗山河。這一切，說白了，就是愛國教育，同我年幼時在內地被灌輸的愛國教育沒有甚麼分別。唯一的分別是，美加的愛國教育沒有涉及政黨政治，而內地則強調愛國愛黨，並強調青少年學生是黨未來的接班人。

一九七八年夏天，我同家人到加拿大東北部紐省（Newfoundland）旅遊。當地自然環境惡劣，八月下旬晚上氣溫已經降至零度，寒風刺骨；而紐省是加拿大最貧窮的省份之一，經濟落後，失業率高企（長時間超過10%），謀生不易。我們在偏遠郊區的民宿過夜，晚上風很大，聽著淒厲呼嘯的風聲，感覺好像置身於《咆哮山莊》（英國文學名著 **Wuthering Heights**）中荒涼孤獨的農村莊園，身上不禁起了一層雞皮疙瘩。我心中納悶，加拿大沒有類似我國的戶口制度，人民可以自由遷徙定居，為甚麼紐省的居民不移居去其他經濟較發達的省份？與幾個土生土長的本地人聊天，他們毫不思索的回答：紐省是他們的出生地，他們的家鄉，在這裡有他們熟悉的土地，鄰居都是兒時一起長大的同學或朋友，所以，他們雖然不富有，生活卻過得很幸福快樂，從來沒有想過移居去陌生的地方。

我頓然大悟，原來「重土輕遷」和對出生地的情意結不是我們中國人特有的傳統，也普遍存在於其他國家和地區。生於斯，長於斯，擁有共同記憶的人民群眾，擁有強大的凝聚力和向心力。難怪有不少國家/地區在憲法上規定只有在本土出生的公民才有資格競選當地的最高領導人。然而，並不是每一個人對自己的故鄉和出生地有情意結，同我一起於上世紀六十年代移民加拿大的七哥，自踏足加國後，便再也沒有回過老家了。

集體回憶是本土意識不可或缺的重要元素。一般人都喜歡懷舊：民間掌故、軼事，舊建築，經典老歌，老照片……勾起滿滿的回憶，都是令人揮之不去的本土情懷。

童年時代可能過的是貧困和艱苦的日子，五、六十年代的香港和澳門經濟落後，人浮於事，搵食（找工作）艱難。但都挺過去了，只留下説不完的回憶，説不完的故事。茶餘飯後，與舊同學或同齡朋友或家人細説當年，分享年輕時的苦與樂。可能我們自己都沒有意識到，我們那些年的故事不單會勾起同時代人的集體回憶，更加深我們對本土的認同，亦會感染土生土長的後輩、年輕人，薪火相傳，以身為香港人或澳門人為傲。

對出生地的情懷和對長期定居地的集體回憶沒有排他性。香港和澳門自開埠以來，一向華洋雜處，相安無事。以香港為家的南亞族裔人士，或以澳門為家的土生葡人，都可以説一口流利的廣東話，個別甚至會寫中文；他們有些已經好幾代居住在港澳兩地，本土意識有時候比港澳華人居民更強。

大多數港澳市民認同自己是中國人，主要是認同中國人的血統，或者認同港澳特別行政區是中國的領土，或者認同中華文化。不願意接受中國公民身份的港澳市民，主要是由於對中央政府的不信任和對中國共產黨有抵觸情緒。另一方面，回歸後，受到「高度自治，港（澳）人治港（澳）」政策的激勵，港澳市民的本土意識逐漸加強。不幸的是，受到一波又一波的社會運動事件的影響，部份香港人的本土意識轉趨極端，含有強烈的排他性，敵視及不信任只會説普通話的內地新移民，進一步撕裂香港社會。澳門小城卻是另外一番景象：本土意識的日漸強化並沒有對澳門人的中國公民身份認同產生任何衝擊，超過七成的澳門人認同自己是中國人或同時是中國人和澳門人（只有五成的香港人認同自己是中國人或同時是中國人和香港人）；更有趣的是，由年青人推動的本土意識是伴隨著澳門人的保育、環保意識和本土文化產業一起增長，目標是將澳門家園變成為更適宜人居住的城市。

在當代社會，同時擁有多重身份是很普遍及正常的；而不同身份之間並不一定有矛盾，本土意識和國家意識是可以共存的，回歸後的澳門社會就是一個很好的例子。我真的不明白，我們既然已經接受港澳地方是中國的一部份，並以此地為家，為甚麼還要否認自己中國國民的身份呢？

我是誰？答案不是很清楚嗎？

三月三十日

註：九十年代中我開始在香港浸會大學任教直至退休，其間我的家人仍然居住在澳門，每個週末我返回澳門與家人共敘天倫。

我是誰？（二）

我是誰？
在我的靈魂深處——我是誰？
我不知道，我茫然。
學者？
——但我沒有傳世之作啊！
作者？
——但我還未有一本創作面世啊！
論政人士？
——但我不想被標簽為「漢奸」啊！

民主鬥士？
——但我家有妻兒，
不想成為「烈士」啊！
知識分子？
——但我不想做「臭老九」啊！
書生？
——但「百無一用是書生！」何苦？
讀書人？
——但想起「知識愈多愈反動」，就陣陣害怕。
愛國愛港（澳）人士？
——但我臉皮薄，
不懂得歌功頌德啊！
這是一個改革開放的年代，這是一個浮躁不安的年代；這是一個眾聲喧嘩的年代，這是一個沉默是金的年代；這是一個帽子亂飛的年代，這是一個明哲保身的年代；這是一個……。

我是誰？

在我的靈魂深處——

我是誰？我不知道，我茫然，我無奈，我無語，

無語問蒼天——我是誰？

十月二十三日

中國夢

下星期就是中秋節了。秋天是南國最宜人的天氣，秋高氣爽，白天不太熱，晚上涼快，睡前不用開空調。我晚上開了窗睡，輕風拂面，很快進入夢鄉了。

……回到了魂牽夢縈的祖國，回到了天安門廣場。咦，怎麼不見了偉人的像？偉人的紀念堂呢？問路人，一位年輕人說：

「哪個偉人？甚麼像？甚麼紀念堂？我在北京土生土長，在天安門廣場，從來沒有見過甚麼偉人像或紀念堂。」

我愣住了，定神的望著他，只覺得眼前這個不到二十歲的年輕人的衣著款式有點兒奇怪，不是時下流行的款式。迎面有幾個美少女走過來，邊走邊説笑，也穿著很奇怪的服飾，好像是漢服，或宋服？我開始懷疑這裡是不是北京，或許，不會是「現在」的北京吧？難道我「穿越」時空回到古代中國？我下意識的拿出手機按了按，螢幕顯示二〇七一年九月十四日星期一，我整個人驚呆了！怎麼可能？我怎麼可能回到五十年後的北京？我遊目四顧，看到在原是偉人紀念堂的地方有一大塊花圃，修剪得很整齊漂亮，花圃中間有四個用不知名紅色小花組成的大字——「民主中國」。花圃周邊設有坐椅，供遊人休憩。今天（二〇七一年）是星期一，工作天，天安門廣場的遊人不多，離我十米的一張長椅上，有個老翁帶著個兩三歲的女孩。我走到老翁旁邊，說：「老先生，我是遊客，不是本地人，我可以坐下來同您聊幾句嗎？」

老翁：「可以呀。我聽您的口音，是廣東人吧？」我：「是呀！我是澳門人。」

老翁：「澳門？現在我們是一家人了，您當然也知道，二十多年前中央政府已經取消『一國兩制』了。」

對「一國兩制」的被取消，雖然感到有點兒意外，但也是在情理之中。說到底，當年鄧小平提出在香港和澳門實行「一國兩制」只是權宜之計而已。我對未來五十年「已經」發生的事情一無所知，很好奇。

我：「老先生，您不介意我問幾個問題嗎？很慚愧，我對國內政治一無所知。」

老翁：「可以呀！不客氣。」

我：「現在的國家主席是誰？」

老翁：「『國家主席』？噢，二十多年前已經被取消了。現在的國家最高領導人是『總統』。」

我：「總統？是由人民選出來的嗎？」

老翁：「當然啦！政府的權力是源於人民嘛，現在我們的領導人都是由人民直接選出來的。」

我覺得不可思議，說：「由人民選出來的？包括國家、省級、市級和縣級領導？」

老翁：「是呀！我們的國會議員都是經普選產生的。」

我：「國會議員？那麼，共產黨呢？還有共產黨嗎？」

老翁：「有呀！共產黨現在是執政黨。當今總統是共產黨的黨主席。」

我：「有其他政黨嗎？」

老翁：「有呀！『民主黨』是第二大政黨。四年前的大選民主黨以些微票數勝出，組成聯合政府，今年大選輸了給共產黨。」

我不敢相信我的耳朵，我國政治竟然發展到兩大黨輪流執政，實在太令人高興鼓舞了。我有點兒激動。

我：「我們的國家是不是一個民主國家？一個自由、民主、開放和法治的國家？」

老翁：「是呀！」

我：「由哪一年開始？」老翁：「二〇四九年。」

我還想再追問下去，心中實在有太多太多的疑問，譬如，我國是如何經歷這個轉變？毛主席像和毛主席紀念堂呢？甚麼時候被移走？為甚麼被移走？……

可是，他的孫女卻很不耐煩，拉著她爺爺的手，撒嬌嚷著說：

「爺爺，爺爺！我要吃冰淇淋！」

望著兩爺孫離開，我怔怔的站起來，雙眼茫然。突然，風雲驟變，狂風大作，電閃雷鳴，瞬間傾盤大雨，遊人爭相奔跑避雨，爺孫倆很快消失在暴雨中，偉人曾經接見過一百萬紅衛兵的天安門廣場，看不到一個人，空空蕩蕩；我沒有帶雨傘，全身濕透，霍然驚醒！

——我的「中國夢」也隨之碎掉了！

讀者朋友，您的中國夢呢？

九月十四日

後記

散文家董橋先生說：「文字和繪畫風情一樣，工筆細活是基本功，摸清造句門路，是十年八年的少林生涯。」

十年八年的少林生涯？我已經七十七歲了，十年之後，我還在生嗎？我等不了，唯有厚著臉皮，東拉西扯，用「粗筆拙活」寫完這本小書。望方家不要見笑。

書中所記都是我過去七十多年來的所見所聞和我所熟悉的人與事。但是，所記只憑記憶，很難避免出現差錯。除親人外，敘述朋友故舊的篇章，為了尊重朋友私隱，用的都是假名字。

全書脱稿後，掩卷閉目靜思，深感一生錯過的、有所遺憾和後悔的事情實在太多太多了。只嘆造化弄人，人生如夢。

二〇二一年九月十六日零時於澳門

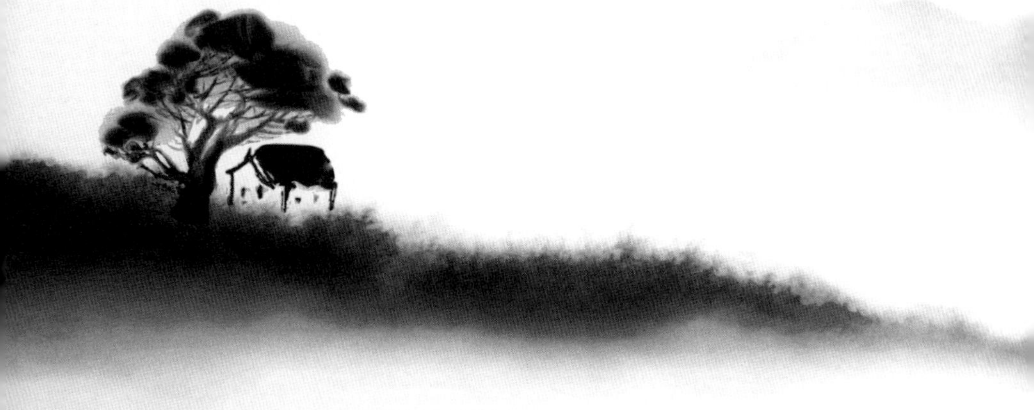

夢：散文集

作　　者：余　振
責任編輯：黎漢傑
設計排版：多　馬
法律顧問：陳煦堂 律師

出　　版：初文出版社有限公司
電郵：manuscriptpublish@gmail.com

印　　刷：陽光印刷製本廠

發　　行：香港聯合書刊物流有限公司
香港新界荃灣德士古道 220-248 號
荃灣工業中心 16 樓
電話 (852) 2150-2100　傳真 (852) 2407-3062

臺灣總經銷：貿騰發賣股份有限公司
電話：886-2-82275988　傳真：886-2-82275989
網址：www.namode.com

新加坡總經銷：新文潮出版社私人有限公司
地址：71 Geylang Lorong 23, WPS618 (Level 6), Singapore 388386
電話：(+65) 8896 1946　電郵：contact@trendlitstore.com

版　　次：2022 年 1 月初版
國際書號：978-988-76022-4-8
定　　價：港幣 102 元　新臺幣 320 元

Published and printed in Hong Kong

香港印刷及出版